Aldo Cazzullo

Bitter im Abgang

Aldo Cazzullo

Bitter im Abgang

Kriminalroman

Aus dem Italienischen
von Petra Kaiser

C. H. Beck

Titel der italienischen Originalausgabe: «La mia anima è ovunque tu sia. Un delitto. Un tesoro. Una guerra. Un amore», erschienen bei Mondadori, Mailand 2011

Für die deutsche Ausgabe:

Gesetzt aus der Life LT im Verlag
Druck und Bindung: GGP Media GmbH, Pößneck
Umschlagentwurf: Geviert, Grafik & Typografie, Conny Hepting
Umschlagabbildungen: Motive von © Aldo Pavan/Getty Images und © Ilona Wellmann/Trevillion Images,
Composing Conny Hepting
Gedruckt auf säurefreiem, alterungsbeständigem Papier
(hergestellt aus chlorfrei gebleichtem Zellstoff)
Printed in Germany
ISBN 978 3 406 66038 2

www.beck.de

In dem Gefühl, wie großartig der Mensch in seinem normalen menschlichen Dasein ist, brach er auf zu den höchsten Gipfeln, in das urwüchsige Land, das ihm helfen würde, im Strudel des schwarzen Windes zu bestehen. Und im Augenblick des Aufbruchs spürte er, dass er im Namen des wahren italienischen Volkes dazu bestimmt war, sich mit allen Mitteln gegen den Faschismus aufzulehnen. Diese höchste Machtfülle war berauschend, weitaus berauschender jedoch war das Bewusstsein, dass es richtig und gerecht war, davon Gebrauch zu machen. Und auch körperlich hatte er sich noch nie so sehr als Mann gefühlt. Herkules gleich bezwang er Wind und Erde.

Beppe Fenoglio, *Il partigiano Johnny*

1

Wald von Costamagna,
Sonntag, 25. April 2011, 9 Uhr

Als Domenico Moresco tot aufgefunden wurde, sah zunächst alles nach einem Herzinfarkt aus. Ein harmloser Dornenkratzer an der Stirn, sonst nichts, keine andere Verletzung, die auf ein Verbrechen schließen ließ. Schon gar nicht an einem Ostersonntag, der in diesem Jahr auf den Tag der Befreiung fiel. Und warum auch? Warum sollte jemand Moresco, den ehemaligen Partisanenführer, ermorden, und ausgerechnet an einem in doppelter Hinsicht hochheiligen Feiertag? Dennoch wurde die Polizei verständigt.

Moresco war eine bedeutende Persönlichkeit. Einer der reichsten Männer Albas, vielleicht sogar ganz Italiens. Mit seinem Wein hatte er sich ein kleines Imperium aufgebaut. Kein Vergleich zu Tibaldi natürlich. Aber sein Wein war etwas Besonderes. Tibaldi war eine weltbekannte Marke, der größte Weinproduzent Europas, Moresco nur etwas für Kenner. Die Weine von Tibaldi gab es in jedem Supermarkt, die von

Moresco nur in Weinhandlungen. In den Chinarestaurants stand der Weiße von Tibaldi ganz oben auf der Weinkarte, während der Chardonnay von Moresco von den Mächtigen in Shanghai getrunken wurde. Tibaldis Barbera war eine Goldgrube, Morescos Barbaresco ein Mythos.

Der Kommissar merkte schnell, dass hier irgendetwas nicht stimmte. Schon bei seiner Ankunft im Wald oberhalb von Costamagna hatte er einen roten Panda wegfahren sehen, der es für einen Sonntagmorgen ungewöhnlich eilig hatte. Außerdem hatte man an Morescos Geländewagen einen Reifen zerstochen. Die Erde an seiner kleinen Schaufel war noch feucht – offenbar hatte er gerade etwas ausgegraben. Beim Sturz hatte sein massiger Körper von eins achtzig, Ergebnis von achtzig Jahren ausgiebiger Ess- und Trinkgelage, einen messerscharfen Abdruck in den feuchten Grund gezeichnet. Rundherum Spuren von Stiefelsohlen.

Der Kommissar dachte, dass bei Morescos Tod rein gar nichts in Ordnung war. Aber das wunderte ihn nicht. Inzwischen wusste er, dass es hierzulande grausam zuging, wenn nötig, noch grausamer als in seiner Heimat im Aspromonte. Selbst mit dem Hund stimmte etwas nicht. Er saß nicht etwa winselnd neben seinem Herrchen, bellte nicht einmal, sondern fraß halb versteckt hinter einer Buche an einem Trüffel.

2

Alba,
Donnerstag, 19. April 1945, 2 Uhr morgens

Mit einem Gewehrschuss sprengte Domenico Moresco den Türriegel und das gesamte Schloss des Pfarrhauses.
«Bist du verrückt? Willst du die ganze Stadt aufwecken? Auch Spitzel und Faschisten?»
«Die Faschisten kuschen und werden schön brav die Klappe halten, die haben kapiert, dass ihre Zeit vorbei ist. Ich kann nicht die ganze Nacht mit Klopfen verbringen. Und in der Kirche war ich seit zwanzig Jahren nicht mehr, verdammt …»
«Und da hast du dir gedacht, wennschon, dennschon. Bravo. Hör wenigstens auf zu fluchen. Es bringt schon genug Unglück, mit der Waffe in der Hand in die Kirche einzudringen.»
«Still, Alberto! Und schön brav die Klappe halten, wie die Faschisten, hörst du? Der Pfarrer kommt schon», sagte Moresco und grinste siegessicher.
Auch Don Tadini hatte ein Gewehr in der Hand. In

solchen Zeiten konnten selbst die Priester schießen. Und überhaupt, seit man ihm dieses goldene Kuckucksei ins Nest gelegt hatte, schlief er mit dem Gewehr unterm Bett.
«Wer ist da?»
«Wir sind's, Priester. Kein Grund zu schreien. Hör auf zu brüllen.»
Die leicht abschätzige Anrede hatte Moresco absichtlich gewählt. Er wollte ihn nicht bloß einschüchtern, sondern ihm unmissverständlich zu verstehen geben, dass sich mit dem Krieg alles verändert hatte. Nun hatte er keine Angst mehr vor ihm, ja nicht einmal mehr besonderen Respekt. Selbst die Landarbeiter und die Armen der Stadt würden sich nicht mehr ehrfürchtig vor dem Pfarrer verneigen.
«Was wollt ihr?»
«Das weißt du genau.»
Da begriff Don Tadini, dass es für ihn schlecht aussah.

3

San Benedetto Belbo,
Sonntag, 17. November 1963

Amilcare Braida war immer schon der Überzeugung gewesen, der November sei ein guter Monat zum Sterben. Vor allem hier in den Langhe.

Im November beginnt in den Langhe der Wein zu reifen, die Trüffel sprießen. Die Blätter an den Weinstöcken werden bunt, rot, granatapfelfarben, violett, rubinrot. Noch ist es nicht kalt, und am Ende der sonnigen Tage senkt sich der Nebel herab wie eine Decke.

Tatsächlich hatte Amilcare Braida nicht mehr lange zu leben. Jetzt aber schien ihm ein vorzeitiger Tod, den er immer für einen Glücksfall gehalten hatte, übereilt. Es war nicht so, dass er sich davor gefürchtet hätte. In seiner Partisanenzeit hatte er den Tod etliche Male, wenn nicht gesucht, so doch erwartet. Und in den langen Winternächten hatte er seinen Kampfgefährten, den Garibaldini wie den Autonomen, die Geschichte von Kleobis und Biton erzählt; sein Griechischlehrer hatte sie an jedem ersten Schultag zum Besten gegeben, um die neuen Gymnasiasten zu beeindrucken, als wolle er gleich einmal testen, wer von ihnen der Grausamkeit der Klassiker gewachsen war. Die Mutter von Kleobis und Biton war eine Priesterin der Hera. Als sie eines Tages zum Opferfest in den Tempel musste, aber kein Ochsengespann zur Verfügung stand, spannten sich die Brüder selbst ins Joch und zogen den Wagen. Gerührt betete die Mutter zur Göttin Hera und bat, ihren beiden Söhnen zum Dank das Beste angedeihen zu lassen, was ein Mensch erreichen könne. Am nächsten Tag fand sie die beiden tot vor. «Das Beste ist, nie geboren zu werden oder früh zu sterben.»

Die Partisanen reagierten unterschiedlich. Die Garibaldini waren empört; ihrer Meinung nach war der Mensch zur Tat geschaffen, zum Sieg, zur Revolution, der Tod war was für Faschisten; und bald kursierte das Gerücht, Amilcare bringe Unglück. Die Autonomen hörten ihm zwar schweigend zu, aber auch sie zeigten sich nicht besonders beeindruckt. Alle blickten zu Tobia, dem Anführer, der für alles eine Erklärung hatte.

«Wie weit haben sie den Wagen gezogen?», fragte er.

«Fünfundvierzig Stadien.»

«Als da wären?»

«Ungefähr acht Kilometer.»

«Versuch du mal, einen Ochsenwagen acht Kilometer

weit zu ziehen. Da kriegst du auch einen Herzschlag. Vor allem bei den vielen Zigaretten, die du rauchst.» Diese Antwort hatte Amilcare gefallen. Das war auch einer der Gründe, warum er sich schließlich den Autonomen angeschlossen hatte.

Zu guter Letzt hatten ihm die Zigaretten keinen Infarkt beschert, sondern Schlimmeres. Inzwischen hatte sich Amilcare damit abgefunden, dass er sterben würde, ohne den Roman seines Lebens beenden zu können. Aber die Geschichte vom Schatz der Vierten Armee, die durfte nicht unvollendet bleiben, die musste er unbedingt noch aufschreiben, bevor er starb.

4

Capri,
Sonntag, 25. April 2011, 9.30 Uhr

Im Bademantel stand Antonio Tibaldi auf der Terrasse. Im April ebenso wie im Dezember fuhr er gerne in den Süden. Im Sommer war es überall heiß, auch in Alba. Ende April jedoch war es in Alba an manchen Tagen noch recht winterlich. Deshalb fuhr er gern Ende April, bevor die ersten Touristen kamen, und Anfang Dezember, nachdem die letzten wieder weg waren, in seine Villa auf Capri. Seine Freunde aus Neapel sagten zu ihm, er gleiche Axel Munthe oder sogar Tiberius, wenn er mit dem Gestus des Ästheten oder des Kaisers auf den Horizont deutete, um seinen Gästen den Vesuv, Sorrento oder Praiano zu zeigen, die dann, um ihm einen Gefallen zu tun, so taten, als wäre ihnen das völlig neu. Tibaldi ließ sie reden. Über Tiberius wusste er gerade mal, dass er ein antiker römischer Kaiser war. Über Axel Munthe, dass er schwul war.

Tibaldi war kein besonders kultivierter Mensch. Aber

sagenhaft reich und stets auf der Hut. Als junger Mann war er ein richtiges Arbeitstier gewesen. In der Resistenza hatte er nicht gekämpft. Es war ihm gelungen abzutauchen, allerdings nicht in irgendein Loch wie so mancher Feigling, der sich in dieser Zeit tot stellte. Die Priester hatten ihn aufgenommen und bei sich im Seminar versteckt. Monatelang durfte er das Haus nicht verlassen, nicht einmal nachts. Denn die Faschisten waren ganz in der Nähe stationiert. Deshalb hatte ihm Pater Bergoglio, der Rektor, streng verboten, sich draußen blicken zu lassen. Wenn Deutsche gesehen wurden oder es nur das Gerücht gab, sie seien in den Bergen gesehen worden, brachte ihm der Pater einen Talar und verlangte, dass er sich als Priester verkleidete. Und als auch das Seminar requiriert wurde, nahm Pater Bergoglio ihn zu sich ins Pfarrhaus. Tibaldi machte alles mit. Er war dem Priester dankbar dafür, dass er ihm den Krieg erspart hatte und ihm offenbar aufrichtig zugetan war. Doch manchmal bekam er Schuldgefühle, schämte sich wie ein Deserteur und bat darum, gehen zu dürfen, um mit seinen Freunden zu kämpfen. Dann nahm Pater Bergoglio seinen Kopf zwischen die Hände und flüsterte: «Sei still. Geh schlafen. Deine Zeit kommt noch. Bald wird ein neuer, nicht weniger wichtiger Krieg ausbrechen, und dann musst auch du kämpfen. Aber jetzt musst du dich ausruhen.»

Das Handy klingelte. Es war das Büro in Alba. Tibaldi zuckte widerwillig. Sein Sekretär verstand und nahm den Anruf entgegen. Tibaldi hörte ihn nur ein paar knappe Fragen stellen «Was ist passiert?» Dann: «Um wie viel Uhr?» Und schließlich: «Wo wurde er gefunden?» Der Sekretär wirkte nicht sonderlich erschüttert. Er dachte gerade darüber nach, wie er die Nachricht am besten überbringen könnte, ohne seinen Chef zu stören, da hörte er diesen ein wenig leiser als gewöhnlich sagen: «Wer ist es diesmal?»

«Domenico Moresco. Herzinfarkt. Na ja, immerhin war er schon weit über achtzig ...»

Beim Anblick der finsteren Miene seines Chefs verstummte er. Ein Fauxpas, dachte er insgeheim. Allerdings war Tibaldi mindestens fünf Jahre jünger als der Tote. Der Sekretär hielt den Atem an. Aber er war schon in viel größere Fettnäpfchen getreten bei diesem komischen, misstrauischen Mann, der lächelte, wenn andere schwarzsahen, und dessen Miene sich verfinsterte, wenn alles scheinbar bestens lief, und der selbst bei der Polizei seine Leute hatte, die ihn über alles informierten, auch wenn in der Stadt eigentlich nie irgendetwas passierte.

«Dottore, die Beerdigung ist bestimmt erst in zwei Tagen. Und die amerikanischen Gäste reisen heute Abend ab. Also, alles kein Problem ...»

Aber Tibaldi war schon dabei, den Bademantel abzuwerfen. «Bestell den Hubschrauber. Wir kehren sofort nach Alba zurück.»

5

Alba,
Donnerstag, 19. April 1945, 2.10 Uhr

«Moresco, es hat keinen Sinn zu insistieren. Ich habe keine Ahnung, wo das Geld ist. Ich weiß nicht einmal, ob es überhaupt existiert. Wer hat dir eigentlich gesagt, dass ich es habe? Wie kommst du darauf?»
Don Tadini hatte sich wieder ein wenig gefasst. Immerhin war er der Pfarrer von Madonna Moretta. Ein Mann, der von den Mitgliedern seiner Pfarre gefürchtet und von allen in Alba respektiert wurde. Doch Moresco besaß die Arroganz der Zwanzigjährigen und des Krieges und dachte, dass er mit seiner Ballerei genau das Richtige getan hatte.
«Hältst du uns etwa für blöd? Glaubst du, wir sind naiv, einfältig, plemplem, dämlich, schwer von Begriff, auf den Kopf gefallen?», fragte er spöttisch, und betonte jedes einzelne Wort. Bei dem Gedanken an die zahllosen Synonyme für Trottel, praktisch sämtliche französische und italienische Ausdrücke, musste er unwillkürlich lachen. Kein Zufall übrigens, denn

genau diesen Eindruck machten die Piemontesen: Trottel. Moresco wusste allerdings auch, dass manche, ganz besonders die Priester, schlau waren wie der Teufel. Und die größte Hinterlist des Teufels bestand darin, sich dumm zu stellen.

«Mein lieber Priester, wir haben tausend Augen. Auch in deiner Gemeinde. Glaubst du, wir hätten zwei Jahre lang in den Bergen überlebt, gehetzt wie die Tiere, wenn wir nicht überall unsere Informanten hätten? Wir wissen ganz genau, was du versteckst. Und wir sind gekommen, um zu holen, was uns zusteht. Unseren Anteil.»

Als Don Tadini mitanhören musste, wie ausgerechnet seine Pfarrkinder als Informanten der Partisanen, noch dazu der falschen, der Kommunisten nämlich, bezeichnet wurden, fand er schlagartig seinen Mut wieder.

«Du, du … Was weißt du denn schon? Ihr spielt oben in den Bergen die Helden. Aber was wisst ihr schon davon, wie die Leute hier ihr Leben fristen? Von den armen Menschen, die hier anklopfen und um ein Stück Brot und ein bisschen Geld betteln, um irgendwie über die Runden zu kommen? Ihr habt doch keine Ahnung, was uns blüht. Italien liegt am Boden. Die Städte sind zerstört. Noch immer sitzen uns die Deutschen und die Faschisten im Nacken. Die Regierung ist weit weg in Rom, was wissen die schon? Wer soll das alles wieder aufbauen? Zum Glück ist die Kirche da. Sie allein ist die Rettung Italiens – wie immer in finsteren Zeiten. Du solltest mir dankbar sein. Aber stattdessen kommst du hierher und brichst nachts die Tür auf wie ein Dieb …»

Instinktiv griff Moresco wieder nach seinem Gewehr.

«Oh nein, ich, wir haben Italien befreit, das ist allein unser Verdienst. Und deshalb steht es uns zu, das Land wieder aufzubauen. Während deine Gemeindemitglieder schön warm in ihren Betten schliefen, haben wir uns aneinandergeklammert wie die Schwulen, um uns zu wärmen. Und wenn die Faschisten kamen, die bis gestern noch eure Freunde waren, wurde jeder, der nicht schnell genug fliehen konnte, verprügelt, gefoltert, erschossen, aufgehängt. Vor aller Augen zur Schau gestellt wie eine Jagdtrophäe. Wie ein Fasan. Da war es ein Glück, schnell zu sterben.»

Don Tadini machte eine Handbewegung, wie um ein Bild zu verscheuchen, vor dem ihm graute.

«Ist das vielleicht meine Schuld? Ich habe alle Toten gesegnet, auch deine Genossen. Ich habe jede Menge Kommunisten ins Paradies geschickt. Als Alba von den Partisanen eingenommen wurde, habe auch ich die Glocken geläutet. Aber dann, als die Faschisten zurückkamen, wart ihr Partisanen nicht zur Stelle, um die Stadt zu verteidigen. Weggeflogen seid ihr wie die Drosseln. Und die Faschisten konnten wieder schalten und walten wie eh und je.»

«Meine Leute sind nicht getürmt. Wir haben gekämpft, im strömenden Regen, auf dem Hügel an der Villa Miroglio. Wir haben Alba ehrenhaft geräumt. Und die Faschisten mussten selbst die Glocken läuten.»

«Das stimmt.»

Einen Augenblick war es still. Der Priester und der Partisan schnappten nach Luft, um nach dem hitzigen Wortwechsel wieder zu Atem zu kommen. Es war kalt, und die kleinen Dampfwolken vor ihrem Mund vermischten sich. Da meldete sich Alberto zu Wort, der sich bis zu diesem Augenblick in Schweigen gehüllt hatte.

«Priester, zeig uns jetzt das Gold.»

«Das kann ich nicht. Ich kann das nicht alleine entscheiden. Einfach so. Kommt morgen wieder.»

«Nein. Morgen sind dann die Faschisten oder die Deutschen hier und warten auf uns.»

«Du glaubst doch nicht, dass ich ...»

«Du vielleicht nicht. Aber irgendjemand könnte uns beobachtet haben. Die Sache wird heute Nacht entschieden», sagte Moresco bestimmt und griff erneut nach dem Gewehr.

«Also gut. Wartet hier.»

«Wie lange?»

«Mindestens eine Stunde.»
«Wir geben dir eine halbe Stunde, mehr nicht.»
«Eine Stunde habe ich gesagt. Ich bin doch nicht Bartali.»
Eigentlich war Moresco eher für Coppi, aber diesmal fehlte ihm die Luft zur Widerrede.

6

San Benedetto Belbo,
Montag, 18. November 1963

Mühsam schleppte sich Amilcare Braida zur Tür, um zu öffnen.

«Ciao, Johnny.»

«Ciao, Alberto. Komm rein. Ich freue mich, dich zu sehen.

Amilcare hörte es gern, wenn die alten Freunde ihn mit seinem Decknamen aus der Resistenza anredeten, deshalb machte er es genauso. Und Alberto war, zumindest in seiner Zeit bei den Autonomen, einer seiner engsten Freunde gewesen. Er, Johnny, hatte es umgekehrt gemacht: zuerst die Garibaldini und dann die Autonomen. Alberto dagegen hatte die ganzen Langhe nach den Garibaldini abgesucht und war dann, als er sie schließlich gefunden hatte, bei ihnen geblieben.

Auch Alberto war kein großer Freund von Politkommissaren, Indoktrinierung, Disziplin. Vielleicht war er nicht einmal ein richtiger Kommunist. Aber für ihn stand außer Frage, dass dieser Krieg ein echter Befreiungskrieg sein musste. Befreiung von den Priestern, den Herren, den Reichen. Man kämpfte um das Land, für die Halbpächter, die am Martinstag einfach vertrieben wurden, um eine Wiedergutmachung für das elende Leben der Väter und für die Prügel, die die Faschisten noch obendrauf gesetzt hatten. Johnny kämpfte aus innerer Notwendigkeit, aus Pflichtgefühl, aus moralischen Gründen, aber auch, um an der großen Geschichte mitzuwirken. Alberto hingegen hatte, genau wie die Faschisten, eine echte Wut im Bauch. Wenn es ums Schießen ging, schossen beide, für Alberto jedoch ging es um etwas sehr Persönliches.

«Rauchst du?»

«Johnny, du solltest nicht rauchen.»

«Das sind meine letzten Zigaretten. Du weißt es. Du siehst es.»

«Hast du starke Schmerzen?»

«Nein. Ich kriege nur keine Luft mehr. Wie damals in den Bergen. Weißt du noch? Wir waren dauernd auf der Flucht.»

«Stimmt. Wir sind die Berge runter und wieder rauf gerannt, so schnell wir konnten, bei Schnee eine einzige Rutschpartie, hinter uns die Hunde und die Gewehrsalven. Trotzdem, es war eine schöne Zeit.»

«Alberto, ich muss mit dir reden», sagte Amilcare

Braida in einem Ton, den man gar nicht an ihm kannte.

Alberto tat so, als hätte er nichts gehört. Er betrachtete die Bücher seines Freundes. Die Shakespeare-Sonette auf Englisch: *Love is not love / which alters when it alteration finds* … Die Blätter mit den Notizen. Die durchgestrichenen und neu geschriebenen Seiten. Er wusste, dass Johnny es ihnen zeigen würde, diesen Herrschaften aus Turin. Den großen Roman über den Partisanenkrieg würden nicht die Literaten schreiben, sondern er, ein einfacher Angestellter bei Tibaldi Vini, der die Frachtpapiere nach Amerika in Shakespeare-Englisch verfasste.

Dann auf einmal sah er es. Das Foto, das wusste er genau, hatte nie dort gestanden, Johnny hatte es wohl extra für ihn aufgestellt. Sie war wunderschön. Ihr Gesicht hatte er schon lange nicht mehr angeschaut, denn in seinen Träumen tauchte sie schon lange nicht mehr auf, aber sie löste immer noch dasselbe Gefühl in ihm aus; fast hatte er vergessen, wie schön sie war. Er blickte in die hellen Augen und auf das herzförmige Lächeln. Und er begann zu weinen, wie immer.

7

Alba,
Sonntag, 25. April 2011, 12.30 Uhr

In der Trattoria war es voll, wie immer am Sonntagmittag, und man brauchte das geschulte Ohr eines Polizisten, um das Telefongespräch des Wirts mitzuhören.

An dem Tisch in der Ecke waren der Notar und der Apotheker noch bei den Antipasti. Das kräftige Aroma der Bagna cauda roch man bis zur Via Maestra. An dem runden Tisch vor der Küche tafelte der Commendatore De Tomasi mit der gesamten Familie, einschließlich der fast hundertjährigen Schwiegermutter. An dem langen Tisch neben der Toilette saß eine Gruppe, bestimmt Deutsche oder Schweizer, das sah man an der üppigen Menge schwarzer Trüffel, die sie sich selbst auf das Vitello tonnato häufen ließen. Außerdem hatten sie einen Barolo von Moresco bestellt.

«Wenn sämtliche ‹Trüffel aus Alba› wirklich aus Alba wären, müssten die Trüffel hier auf den Bäumen wachsen wie Kirschen», sagte der Apotheker lachend, der aus einer humorvollen Familie stammte: Maler, Erfinder, Künstler eben; genial, aber auch ein bisschen schlitzohrig. Der Notar lächelte frostig, und erst da fiel dem Apotheker ein, dass dessen Vater mit Trüffeln handelte. Er versuchte es wiedergutzumachen, indem er verzückt die Augen schloss: «Wie das duftet. Riechst du das? Man kommt sich vor wie unter der Erde.»

Der Wirt hingegen war der uneheliche Sohn des reichsten Gastronomen der Gegend, der sich nicht zurückhalten konnte und jede neue Kellnerin ausprobieren musste. Wurde das Kind dann volljährig, richtete er ihm eine Trattoria ein.

Der Wirt war gerade dabei, den Ausländern Trüffel auf die Teller zu hobeln, als das Telefon klingelte. Die Neuigkeit, die man ihm mitteilte, machte ihn nicht gerade froh, warf ihn aber auch nicht aus der Bahn. Er machte eher den Eindruck, als hätte er damit gerechnet.

«Das Leben ist lang, die Zeit ein Gentleman», murmelte er. Dann beugte er sich zu dem Apotheker hinunter und flüsterte ihm ins Ohr: «Sie haben Moresco umgebracht.»

Kurz spielte der Inspektor mit dem Gedanken, der Sache sofort nachzugehen und aus dem Wirt herauszuholen, was er wusste. Dann sagte er sich jedoch,

dass es sich nicht lohnte, dafür Schnecken und Fonduta kalt werden zu lassen. Es stimmte nicht, dass Trüffel am besten zu Spiegelei passten. Denn die Eier waren immer entweder zu lang oder zu kurz gebraten. Schwammen im Öl, schlimmstenfalls in Trüffelöl. Das Eigelb schmeckte zu kräftig, das Eiweiß nach nichts. Da machte sich eine Fonduta doch wesentlich besser. Erst in dieser Kombination entfaltete der hauchdünn gehobelte Trüffel ein derart intensives Aroma, dass man sich wirklich wie unter der Erde vorkam. Und dazu war auch ein Barbera von Tibaldi, so wie der, den er sich von seinem Gehalt als Staatsbediensteter erlauben konnte, durchaus akzeptabel.
Der Inspektor goss sich noch einen Schluck ein, dazu die letzte Schnecke. Er liebte den Geschmack nach gemeiner Auster, nach Erdauster. Dann bestellte er die Rechnung. Er stellte fest, dass er inzwischen als Einheimischer durchging – man brachte ihm einen karierten Zettel, auf dem mit Bleistift der Rabatt stand. Steuerhinterziehung, und das mit Beihilfe eines Polizeiinspektors. In Neapel hätten sie es nicht besser gekonnt. Er zahlte, ohne Trinkgeld, und rief im Polizeipräsidium an, um herauszufinden, wo man Domenico Moresco ermordet hatte.

8

Alba,
Donnerstag, 19. April 1945, 2.40 Uhr

Als Don Tadini mit dem Fahrrad am Amtssitz des Bischofs ankam, wussten man dort schon Bescheid und erwartete ihn.
Der Bischof war im Nachthemd. Er wirkte noch durchsichtiger als gewöhnlich. Weiß wie Milch. Die glänzende Haut spannte über den Knochen wie bei bestimmten Christusfiguren aus Zentralspanien, Gottesfiguren mit Menschenhaut überzogen.
Der Bischof stand im Ruf eines Heiligen, aber auch eines Schwächlings. Nicht zu Unrecht, das wusste er selbst. Und in dieser Nacht war er vor Angst wie gelähmt, weil er fürchtete, sämtliche Partisanen der Langhe könnten mit vorgehaltenem Maschinengewehr in sein Schlafzimmer eindringen, um die Herausgabe sämtlicher Goldschätze zu verlangen, die in den Kirchen Italiens versteckt waren.
Bevor er nach Alba versetzt wurde, war der Bischof im Vatikan tätig gewesen und hatte dort eng mit

Pacelli zusammengearbeitet. Daher kannte er den jetzigen Papst gut, und sein Schweigen zu den Taten der Nationalsozialisten hatte ihn nicht weiter verwundert. Der Papst war kein Heiliger. Er war Diplomat. Offene Kritik hätte ohnehin nichts genützt, im Gegenteil. Auf jeden Fall erhielt man auch in Alba Anweisung, die Türen von Klöstern, Kirchen, Pfarrhäusern zu öffnen, um den Verfolgten Unterschlupf zu gewähren. Und zu schweigen. Allerdings hätte der Bischof diese Anweisung nicht gebraucht – aufgrund seiner Heiligkeit war es für ihn selbstverständlich, Juden und Partisanen aufzunehmen, und seine Schwäche legte ihm nahe zu schweigen. Der einzige Unterschied zwischen ihm und dem Papst war, dass Pius XII. Deutschland nur aus Friedenszeiten kannte und bis zuletzt die Schwarzen den Roten vorzog. Der Bischof hingegen hatte die Deutschen im Krieg erlebt, er wusste, wozu sie fähig waren, er war vor niedergebrannten Häusern auf die Knie gesunken, hatte ohne Erfolg sein Leben für das der Geiseln angeboten, hatte die Körper der Ermordeten gesegnet, kümmerliche Überreste von Männern und Frauen, Fleisch ohne Augen, Hände ohne Fingernägel, Spuren trostlosen Todeskampfes, kaltblütigen Tötens ohne Erbarmen, von Leben, die einfach ausgerissen wurden, wie man Zähne zieht. Viele Partisanen waren zwar Gottlose, aber immerhin Kinder der Langhe. Die Nazis traten wie heidnische Götter auf, die nach einem Blutopfer verlangten. Das konnte der Papst, abgeschirmt hinter den Mauern des Vatikans, nicht wissen. Er schon. Niemand konnte schlimmer sein als die Nazis. Vielleicht die echten Kommunisten, die Russen. Aber die waren Tausende von Kilometern entfernt. Jetzt standen andere Kommunisten vor der Tür, unsere Kommunisten. Entschlossene Leute. Durch den Krieg verbittert, durch Entbehrungen ausgemergelt, mit loderndem Hass. Gekommen, um ihren Anteil zu fordern.

Solche und andere schreckliche Gedanken gingen dem Bischof durch den Kopf, während er betete. Beten entspannte ihn, und es half ihm beim Nachdenken. So lange, bis seine gemurmelten Vaterunser von entschlossenen Schritten unterbrochen wurden, die der Bischof gut kannte. Hier kam ein Priester von ganz anderem Schlag. Einer von denen, die zu Kriegszeiten in Kleidern schliefen.

«Ich habe Sie schon erwartet. Danke, dass Sie gekommen sind, Pater Bergoglio.»

9

San Benedetto Belbo,
Montag, 18. November 1963

Da war sie. Virginia. Mit kohlrabenschwarzem Haar. Dem langen, geraden Hals. Den Lachfältchen. Dem entschlossenen Blick einer Frau, der man Unrecht getan hat und die fortan nichts und niemandem mehr Macht über ihr Leben einräumen wird. Alles an ihr war ihm vertraut, selbst nach so vielen Jahren. Auch der herzförmige Mund.

«Es ist sicher schwer, das Herz auf den Lippen zu tragen. Überall kann es anstoßen, sich an jedem Dornenzweig im Wald zerkratzen, sich beim ersten Frost verkühlen. Sei vorsichtig, wenn du mit deinem Herzen auf den Lippen unterwegs bist.»

Seither hatte Alberto nie wieder einen Liebesbrief geschrieben. In der Stadt, als der Frieden kam, hatte er festgestellt, dass viele Frauen anderes brauchten. Zärtlichkeit natürlich, süße Worte, aber auch Geld, Macht, Sicherheit, Sex; das war für sie Liebe. Aber Virginia mochte seine Liebesbriefe sehr.

«Denkst du immer noch an sie?», fragte Amilcare Braida, ohne Luft zu holen, wobei er mit dem Blick auf das Foto deutete.
«Jeden Tag. Ein Leben lang habe ich jeden Tag in den Augen einer anderen nach dem Blick der Frau gesucht, die ich geliebt habe. Und lange habe ich ihn auch gefunden.»
«Hast du Moresco je verziehen?»
«Ich weiß nicht. Ich weiß nicht, ob er sie hätte retten können. Was glaubst du, Johnny?»
«Keine Ahnung. Ich weiß, dass auch er sie geliebt hat. Und bestimmt hat auch er für den Rest seines Lebens nach ihr gesucht. Du hast ihre beste Freundin geheiratet, er ihre Schwester.»
Alberto zuckte zusammen und sagte leicht gereizt: «Aber du hast mich doch nicht herbestellt, um mir ein Foto von Virginia zu zeigen? Bestimmt nicht. Fotos von ihr habe ich selbst, sogar bessere. Ich dachte, du wolltest mit mir über Geld sprechen. Wolltest du dich nicht endlich aufraffen, die Geschichte mit dem Schatz aufzuschreiben?»
«Genau», sagte Braida und grinste sein traurig-ironisches Grinsen. «Ganz genau.»

10

Serralunga,
Sonntag, 25. April 2011, 12.45 Uhr

An dem Sonntag, als sein Vater starb, hatte Roberto Moresco ein Wochenende mit Lavinia auf dem Programm. Zum Glück war sein Handy an, sodass seine Frau ihn sofort erreichte.

Roberto war ein gutaussehender Mann. Schulterlange blonde Haare, einen guten Schneider, eine glänzende, wenn auch nicht umfassende Bildung. Seine Tätigkeit als Verkaufsleiter lenkte ihn nicht von den Frauen ab, im Gegenteil, sie spornte ihn an; vor allem seit der Vater ihm auch das Auslandsgeschäft übertragen hatte. Frauen hatten auf ihn die gleiche Wirkung wie Geld: Je mehr er davon hatte, desto unersättlicher wurde er. Und genauso wie Geld weiteres Geld anzieht, hatte er gelernt, dass Auftritte mit einer schönen Frau andere Frauen anlockten. Die leichteste Beute waren die Freundinnen der aktuellen Geliebten. Bisweilen auch die Schwestern, die ihm Avancen machten. Doch da er zwar hemmungslos, aber kein

Mistkerl war, hatte er diese Angebote stets «freundlich, aber bestimmt» abgelehnt; anschließend jedoch hatte er nichts Eiligeres zu tun, als seinen Freunden unter dem Siegel der Verschwiegenheit sein Leid zu klagen, aber nicht etwa, um ihr Mitleid zu erregen, sondern um sie neidisch zu machen. Zu den Frauen, eine in jeder Hauptstadt, wo er geschäftlich zu tun hatte, konnte er sanft und fürsorglich sein. Deshalb waren viele von ihnen ihm aufrichtig zugetan.

Roberto hatte sich nie gefragt, ob sie wohl voneinander wussten. Manchmal stellte er sich jedoch vor, dass sie sich untereinander kennen würden und er sie vielleicht eines Tages einmal alle zusammenbringen könnte wie bei der UNO. Doch bis dahin befolgte er eisern die Regeln des Lügners, vor allem die wichtigste: Jede Lüge brauchte einen wahren Hintergrund. Und: Das Handy durfte nie zu lange aus sein.

«Nein, Schatz, ich wusste es noch nicht. Aber es ist mir ein Trost, es aus deinem Mund zu erfahren. Dafür bin ich dir dankbar. Ich komme sofort zurück. Ja, du weißt doch, ich bin in der Schweiz. Ich brauche mindestens drei Stunden.»

«Was hast du ihr dieses Mal erzählt?», fragte Lavinia grinsend mit verschwörerischer Stimme, in der jedoch der übliche polemische Unterton mitklang.

«Mein Vater ist gestorben», sagte er, bevor er eine Träne zerquetschte.

Sie umarmte ihn und brach in lautes Schluchzen aus: «Wir haben einen großen Mann verloren!»
Sie umarmten sich lange. Dann begann Lavinia zu reden, während sie ihn streichelte, wie um seinen Schmerz zu lindern.
«Dein Vater war ein starker Mann. Ungewöhnlich stark. Er war sein ganzes Leben lang Soldat. Aber er verstand es auch zu genießen. Aus dem Nichts hat er ein Imperium aufgebaut. Und er hat dich verstanden, dich akzeptiert. Und mich auch.»
Er bedeutete ihr zu schweigen.
«Willst du nicht darüber reden? Willst du mir nicht wenigstens sagen, wie er gestorben ist?»
«Man hat ihn im Wald gefunden. Es heißt … es heißt, vielleicht ein Infarkt. Aber vielleicht wurde er auch ermordet. Er hatte Feinde. Irgendjemand hat ihm gedroht, ihn erpresst.»
Lavinia schwieg erschrocken. Roberto rechnete aus, dass er von dem Schlösschen in den Weinbergen, das er für das Wochenende gemietet hatte, bis hinunter nach Alba höchstens eine halbe Stunde brauchte, selbst wenn er langsam fuhr. Folglich hatte er noch zweieinhalb Stunden Zeit. Also streichelte er ihren Hals, zog sie an sich, wie sonst, wenn er mit ihr schlafen wollte. Zunächst wehrte sie ihn ab, aber er ließ nicht locker. Dann nahm er sie mit derselben Gier wie der Hund seines Vaters den Trüffel.

11

Alba,
Donnerstag, 19. April 1945, 3 Uhr

Don Tadini zögerte. Padre Bergoglio schwieg mit regloser Miene und dem lauernden Blick des Falken, der nur darauf wartet zuzuschlagen. Der Bischof begriff, dass er das Wort ergreifen musste.

«Lieber Tadini, ich weiß, dass ich Ihnen eine Erklärung schulde. Ich hätte Sie vorher einweihen müssen. Aber das Beichtgeheimnis und die gebotene Vorsicht angesichts besonderer Umstände haben mich daran gehindert. Sie wissen ja selbst, es sind schwere Zeiten, auch für die Kirche. Dieser Sturm ist bald vorbei. Aber uns stehen weitere traurige Tage bevor. Es sind zu viele Bewaffnete unterwegs. Unsere Herde ist durcheinander, erschöpft, verängstigt. Sie ist mit zu vielem konfrontiert, das sie nicht kennt. Sie weiß nicht, was Parteien sind. Zwanzig Jahre lang gab es nur eine einzige. Und jetzt gibt es plötzlich drei, sechs, neun. Und jede Partei hat ihre bewaffneten Milizen. Die Monarchisten, die Liberalen, die von Gerechtigkeit und Freiheit, die Sozialisten, die Kommunisten. Und wir sind in einer schwachen Position. Wie heißt es in der Bibel? Seid daher arglos wie die Tauben ...»

«... und klug wie die Schlangen», ergänzte Pater Bergoglio, als wäre die Bibelstelle auf ihn persönlich gemünzt.

«Verzeihung, Exzellenz», meldete sich Don Tadini schüchtern zu Wort. Er hatte es eilig, zur Sache zu kommen, weil die beiden Strolche in seiner Kirche auf ihn warteten. «Aber was hat das mit den Kisten zu tun, die man bei mir im Keller der Madonna Moretta deponiert hat ...»

«Sie haben recht, Tadini. Ich hätte es ihnen vorher erklären sollen. Sie kennen sicher das Schicksal der Vierten Armee, die den Süden Frankreichs besetzt hatte. Gute Soldaten. Sie haben die Juden vor der deutschen Barbarei bewahrt, solange sie konnten. Viele von ihnen wurden gefangen genommen und nach Deutschland verschleppt, und wer weiß, ob sie je zurückkommen. Einigen ist es gelungen, einen Teil des Armeevermögens in Sicherheit zu bringen. Die Verpflegungskasse, beschlagnahmte Gelder, Güter, die eine Besatzungsarmee unweigerlich anhäuft. Die Herkunft des Goldes braucht uns nicht zu interessieren. Wir müssen verhindern, dass es in die falschen Hände fällt. Oberst Murazzano ist es gelungen, einen

Teil davon zu retten. Leider haben wir seit Tagen keinen Kontakt mehr zu ihm, und es steht zu befürchten, dass die Deutschen ihn gefasst haben. Glücklicherweise haben es seine Geheimagenten bis in die Stadt geschafft, über die Straße von Cortemilia. Dieses Gold, so der Oberst, gehört dem neuen Italien. Als guter Christ wollte er es der Kirche anvertrauen. Anfänglich haben wir gezögert. Doch dann», fügte der Bischof mit Blick auf Pater Bergoglio hinzu, «haben wir es für unsere Pflicht gehalten, uns dieser Verantwortung zu stellen. Es gibt viele arme Leute, die auf uns blicken wie auf eine rettende Arche. Wir müssen diese Last auf uns nehmen, das Getreide einlagern mit Rücksicht auf die mageren Jahre, die uns bevorstehen. Mit der Zeit werden wir die richtigen Leute finden, die es verstehen, die Talente richtig einzusetzen und zu mehren.» Hier warf der Bischof Pater Bergoglio einen weiteren Einverständnis heischenden Blick zu. Dann fuhr er fort: «Es war wichtig, dafür zu sorgen, dass dieses Gold nicht in die falschen Hände gerät. Und ihre Pfarrgemeinde, mein lieber Tadini, liegt direkt an der Straße von Cortemilia. Den Schatz in die Stadt zu bringen, war zu gefährlich. Am nächsten Tag wäre er Stadtgespräch gewesen. Aber dadurch, dass wir ihn im Keller der Madonna Moretta versteckt haben, hat niemand etwas davon bemerkt.»

«Fast niemand.»
«Wohl wahr. Deshalb müssen wir jetzt entscheiden, was wir mit den Partisanen machen.»
«Und was für Partisanen, Exzellenz. Kommunisten. Wir dürfen nicht nachgeben. Was würden sie damit machen? Sie würden das Gold bestimmt der Partei geben. Damit fiele der ganze Reichtum in die Hände der Kirchenfeinde. Und wenn sie das Geld dann noch hier in der Gegend ausgeben, nicht auszudenken. Es würde die Leute in Alba vom rechten Weg abbringen, die Armen im Geiste, die durch den Krieg noch mehr verloren haben. Die Kommunisten würden die Stadt übernehmen. Das können wir nicht zulassen.»
«Ich bewundere Ihren Mut, Tadini, und ich teile Ihre Einschätzung. Aber was wird dann aus Ihnen? Diese Leute scherzen nicht. Die bringen Sie um. Und das kann ich nicht zulassen.»
«Ich bin bereit. Auch Christus hat sich vor seinen Henkern nicht gefürchtet. Da kann ich doch wohl eine Kugel hinnehmen.»
«Das kann ich nicht zulassen», wiederholte der Bischof. «Ich werde selbst mit ihnen verhandeln. Sie werden es nicht wagen, die Hand gegen einen Bischof der heiligen römisch-katholischen Kirche zu erheben.»
Um sich gegenseitig Mut zu machen, hatten sich die beiden derart ereifert, dass sie im Gesicht ganz rot

angelaufen waren. Pater Bergoglio hingegen hatte weder sein Lächeln noch seinen Sarkasmus verloren. «Jetzt wollen wir aber mal die Kirche im Dorf lassen. Ein Bischof verhandelt nicht mit Aufständischen. Und ein Pfarrer muss sich nicht umbringen lassen, um der Kirche zu dienen. Und ein Partisan, auch wenn er Kommunist ist, könnte sich als vernünftiger erweisen, als wir alle glauben. Es gibt immer eine Lösung. Eine salomonische.» Und dabei verwandelte sich sein Lächeln in ein sardonisches Grinsen.

12

Alba,
November 1963

Unter den Freunden machte die Geschichte die Runde, wie Amilcare Braida vor ein paar Wochen in geradezu euphorischer Stimmung ins Hotel Sanremo gekommen war; so kannte man ihn gar nicht.
«Diesmal werde ich es allen zeigen!», hatte er gebrüllt und dabei den Unterarm provozierend nach oben schnellen lassen. Das war überhaupt nicht seine Art. Zudem hatte er zusammenhängend geredet, ohne zu stocken, so kannte man ihn auch nicht. Dass Amilcare in aller Öffentlichkeit einen ganzen Satz herausbrachte, hatten seine Freunde noch nie erlebt.
Die Geschichte vom Kriegsschatz. Eine Geschichte wie geschaffen, um großes Epos und Lokalhistorie, den Weltkrieg und die Familienkriege miteinander zu verbinden. Zuerst würde er sie auf Englisch und im piemontesischen Dialekt schreiben, um sie dann ins Italienische zu übersetzen, in eine neue,

wendige, schnelle Sprache, trocken wie ein Gewehrschuss.
Erst seit ein paar Tagen wusste Amilcare von seiner Erkrankung. Er nahm es als Ermutigung, als Aufforderung, sich zu sputen, sich an die Arbeit zu machen, den Elan zu finden, den er allein niemals aufgebracht hätte. Sich zu einem Schlaf ohne Träume und Ängste zu zwingen. Um sich dann, direkt nach dem Aufstehen, hochmotiviert und mit Lust an den Schreibtisch zu setzen und unerschrocken mit seiner Stadt abzurechnen, und mit dem Unternehmen, das ihm seinen Lebensunterhalt sicherte.
Aber dann wurde es doch knapp, es mangelte ihm an Zeit und Informationen. Es sollte keine erfundene Geschichte sein. Amilcare plante eine streng an den Fakten orientierte Erzählung, eine Art Reportage, wie sie die Zeitungen, die immer nur ängstlich auf ihre Anzeigenkunden schielten, niemals drucken würden. Aber er durfte nichts falsch machen. Schließlich ging es um die bekanntesten Familien der Stadt. Für diesen Schatz war geschossen und gemordet worden. Vielleicht sogar gefoltert und massakriert. Er hatte verkörpert, was vom alten Italien übrig war, und dazu beigetragen, das neue Italien aufzubauen. Ein Land, das sich die beiden neuen Mächte untereinander aufgeteilt hatten. Was für eine Geschichte. Da durfte nichts schiefgehen. Dank Alberto hatte er jetzt alle

Informationen. Nun kam es nur noch darauf an, dass auch die Krankheit sich als großzügig erwies.

13

Wald von Costamagna,
Sonntag, 25. April 2011, 14 Uhr

Um die Leiche in Ruhe zu untersuchen, ließen der Kommissar und der Inspektor alle Anwesenden dreißig Schritte zurücktreten. Bei genauerem Hinsehen entdeckten sie an der rechten Schläfe einen blauen Fleck, ein Indiz für einen allerdings ziemlich leichten Schlag. Nichts, was den Tod erklären könnte. Der Besitzer des roten Panda und sein Freund waren bereits im Polizeipräsidium und warteten darauf, vernommen zu werden. Aber das hatte keine Eile. Je länger man sie schmoren ließ, desto mehr würden sie reden. Darüber hinaus hatten die Polizisten die Tüte mit den Trüffeln beschlagnahmt.

Moresco war ein passionierter Trüffelsucher und daher bei den Profis nicht sonderlich beliebt. Und dass Trüffelsucher kein Pardon kannten und untereinander zu den größten Schandtaten fähig waren, das wusste auch der Inspektor, obwohl er aus dem Süden kam, aus Atrani. Aus den Erzählungen seiner Albeser

Freunde kannte er die Geschichten von manch einem, der mit einem Sack überm Kopf zusammenschlagen wurde, von aufgeschlitzten Reifen – wie an Morescos Geländewagen – von Feindschaften, die seit Generationen vom Vater an den Sohn weitergegeben wurden, Dorf gegen Dorf, Familie gegen Familie. Es war wie in seiner Heimat an der Küste, wo jede Stadt eine Zwillingsschwester hatte, mit der sie verfeindet war: Atrani mit Amalfi, Positano mit Praiano, Scala mit Ravello, Minori mit Maiori ... Aber hier waren die Dinge komplizierter, die hohen gegen die niederen Langhe, die Besitzer der Haselnussplantagen gegen die Winzer, die Dolcetto- gegen die Barbaresco-Produzenten und sämtliche Landbewohner gegen die Albesi. Moresco kam aus der niederen Langa, war Winzer, stellte den teuersten Barbaresco her, wohnte in Alba. Eine perfekte Zielscheibe. Milliardär, mit Wohnsitz und Niederlassungen in allen Metropolen wie Bulgari, in Paris, London, Los Angeles, New York. Und zu allem Überfluss ging er auch noch auf Trüffelsuche.

Es war der Inspektor, der das winzige Einschussloch entdeckte. Die Leute von der Spurensicherung, die dabei waren, die Lederweste vom Schlamm zu reinigen, hatten es noch gar nicht gesehen. Der Inspektor knöpfte die Weste auf, so sanft wie bei einem Kind. Dabei fiel ein altes Uniformabzeichen heraus, auf das er nur einen flüchtigen Blick warf, bevor er es einsteckte. Auch das karierte Hemd hatte ein Loch an derselben Stelle. Und das Wollunterhemd. Und die Brust. Ein kleiner roter Punkt, fast unsichtbar zwischen den weißen Haaren. Auf Höhe des Herzens.

14

Alba,
Donnerstag, 19. April 1945, 3.30 Uhr

«Nein! Absolut unmöglich!»
Noch nie hatte Moresco Alberto so aufgewühlt erlebt, nicht einmal bei einem Angriff der Deutschen.
«Alberto, beruhige dich. Der Pater hier macht doch nur einen Vorschlag.»
«Nein, Domenico. Der Pater macht keinen Vorschlag. Er versucht, uns zu kaufen. Unseren Krieg, unser Blut. Das Blut der Genossen. Er versucht, unsere Gefallenen zu kaufen! Und du, du hörst ihm auch noch zu!»
Bei Erwähnung der Gefallenen wurde auch der sonst so kaltblütige Moresco laut.
«Was fällt dir ein! Willst du mir etwa Verrat vorwerfen? Habe ich nicht jede Stunde des Krieges, jede Gefahr, jede Kugel mit dir geteilt? Hältst du dich etwa für was Besseres?»
Alberto begriff, dass er sich so nicht durchsetzen konnte.

«Domenico, sei doch vernünftig. Wir können das Gold nicht für uns behalten. Die Genossen werden uns danach fragen. Entweder wir kommen mit leeren Händen zurück, dann halten sie uns für Schwachköpfe, die nur große Töne spucken. Oder wir kommen mit dem Gold, dann werden sie ihren Anteil verlangen. Ach was, so wie ich sie kenne, werden sie sagen, dass das Gold der Partei zusteht, dem Volk. Den Partisanen. Dass man es an die Familien der Gefallenen verteilen muss. Dass es nach Rom soll. Unser Beitrag für ein sozialistisches Italien. Für die Revolution. Jedenfalls haben wir sowieso keinen Platz, um es zu verstecken.»

Moresco war praktisch veranlagt, und dieses Argument brachte ihn aus dem Konzept. Doch Don Tadini säuselte verführerisch wie eine Schlange:

«Ihr müsst es ja nicht sofort mitnehmen. Der Bischof hat eindeutig gesagt: gleiche Teile. Eine Hälfte für euch, die andere für die Kirche. Ihr könnt damit machen, was ihr wollt, unter einer Bedingung: Das Gold bleibt hier in Alba. Ihr seid doch auf Zack. Zwei anständige junge Männer. Ihr habt im Krieg gekämpft, aber jetzt ist der Krieg vorbei. Nutzt das Geld. Stellt es in den Dienst der Gemeinschaft. Wir hier brauchen es dringender als Togliatti oder Stalin.»

«Und wer garantiert mir, dass ihr Priester uns nicht reinlegt?», fragte Moresco knallhart.

«Dann hast du dich also schon entschieden!», brüllte Alberto.

Doch Moresco hörte ihm gar nicht mehr zu.

15

Alba,
Dienstag, 19. November 1963

In dem Souterrain, eiskalt im Winter und stickig im Sommer, war es im November schon empfindlich kalt. Um draußen ein wenig frische Luft zu schnappen, wartete der Mann, bis die Stoßzeit vorbei war. Dann überquerte er den Hof und tat so, als merkte er nicht, dass man ihn heimlich beobachtete. Dicht an den Häuserwänden entlang ging er schnell die Via Maestra hinunter bis zum Vicolo dell'arco. Der Freund hörte ihn kommen und lud ihn ein, auf ein Glas Wein hereinzukommen. Der Mann lehnte ab. Mit vierzig war er schon ein Wrack, aber eine innere Disziplin untersagte ihm, sich vollkommen gehen zu lassen. Und diese Disziplin verlangte von ihm, nicht zu trinken. Jedenfalls nicht um zehn Uhr morgens.

So blieb er auf der Straße stehen und wechselte mit dem Freund ein paar Worte. Wie immer erzählte der Freund ihm von seinem großen Plan, ein Parteibüro des Movimento sociale aufzumachen, hier in seiner

Wohnung, mitten im Herzen von Alba, der hochdekorierten Heldenstadt der Resistenza, eine echte Provokation.

Der Mann hörte ihm geduldig zu, doch am Schluss sagte er weder Ja noch Nein. Dann ging er weiter Richtung Rathaus, bog um die Ecke und sah eine Weile zu den vergitterten Fenstern des Gefängnisses hinüber. Rathaus, Gericht und Zellen, alles im selben Gebäude, wie im Mittelalter. Er wartete, ob vielleicht jemand ans Fenster käme, um ein Zeichen des Einverständnisses auszutauschen, ein Lächeln, aber es war niemand zu sehen.

Dann ging er nach Hause und machte sich etwas zu essen. Die Zeitung aus Rom – das einzige Exemplar in der ganzen Stadt – war noch nicht gekommen. So las er die von gestern noch einmal. Er warf einen Blick auf das Foto an der Wand und die Büste auf der Kredenz. Höchste Zeit, sie mal wieder abzustauben, dachte er. Vielleicht morgen. Heute musste er die neuen Papiere aus Rom studieren. Doch allem Anschein nach waren es immer noch nicht die, auf die er seit fast zwanzig Jahren wartete.

16

Alba,
Sonntag, 25. April 2011, 19 Uhr

Eingehend musterte Tibaldi die Frau, die man ihm aus Genf geschickt hatte. Sie bemerkte es und fragte ihn mit einem Hauch von Arroganz: «Stimmt irgendetwas nicht mit mir?»
Tibaldi war kein Typ, der sich einschüchtern ließ. Er verachtete arrogantes Verhalten. Er hob fast nie die Stimme. Höchstens bei seinen Töchtern, aber nie bei seinen Mitarbeitern. Doch sich abkanzeln zu lassen, das war nicht drin. Schon gar nicht von einer Frau.
«Im Gegenteil. Sie entsprechen genau meinen Vorstellungen.»
«Das heißt?»
«Elegant, in den Dreißigern, blond, Französin, aber mit guten Italienischkenntnissen, groß, entschlossen. Raffiniert, aber nicht distanziert, im Gegenteil, eher mit einem Hauch Disponibilität. Entweder Sie sind Schauspielerin oder die Agentur produziert euch im Labor.»

«So wie Sie Ihre Weine? Wissen Sie, was man in Alba sagt?»
«Gut. Ich sehe, dass Sie professionell arbeiten. Sie haben schon Informationen über mich eingeholt. Dann wissen Sie sicher auch, dass meine Weine nicht im Labor gemacht werden. Sicher, die Weinberge der Langhe reichen bei Weitem nicht mehr aus. Die Trauben kommen aus Apulien, Kampanien, Sizilien. Inzwischen sogar auch aus Tunesien, Marokko und der Türkei; die sind ja ohnehin Muslime und dürfen keinen Alkohol trinken, zumindest theoretisch.»
«Wozu dann diese Druckkessel?»
Tibaldi lächelte. Seine geschäftlichen Termine machte er gern in der großen Fabrikhalle am See. Das war eine Methode, seine Macht zu demonstrieren und zugleich seine Solidität: die Maschinen, die Fabrik – eine ernsthafte Sache.
«Druckkessel? Sie sprechen wirklich sehr gut Italienisch. Aber der Begriff ist falsch. Was Sie Druckkessel nennen, sind Zisternen zur Fermentierung der Trauben, die darin ruhen, um …»
«Dottor Tibaldi, wir haben es hier mit einem Verbrechen zu tun», unterbrach ihn die Blonde, diesmal sanfter. «Ich glaube nicht, dass Sie mich am Sonntagabend herbestellt haben, um mir zu zeigen, dass Sie Ihren Wein nicht im Labor machen. Wenn Sie gestatten, hätte ich gern noch ein paar Informationen.»

«In der Stadt wird man Ihnen auch gesagt haben, dass ich kein Dottore bin und die Diskretion liebe. Und was die Informationen angeht, die erwarte ich von Ihnen.»

«Sicher. Aber vorher müssen Sie mir die Mittel geben, um die Informationen zu verstehen.»

«Ich höre.»

«Warum wollen Sie unbedingt wissen, ob Moresco ermordet wurde?»

«Das will ich gar nicht. Das weiß ich schon.»

«Und woher, wenn nicht einmal die Polizei …»

«Ich weiß es eben. Noch Fragen?»

«Ja. Was verbindet Sie mit dem Mordopfer? Außer dass sie Konkurrenten sind natürlich.»

«Wir waren keine Konkurrenten. Wir hatten verschiedene Märkte, verschiedene Geschichten.»

«Waren Sie Freunde?»

«Wir kannten uns kaum. Wir grüßten uns, mehr nicht.»

«Gibt es da irgendetwas in der Vergangenheit?»

«Sagen wir mal so, wer etwas gegen Moresco hat, der könnte auch etwas gegen mich haben. Die Stadt ist klein. Unsere Jugend war eine schreckliche Zeit. Einige haben es geschafft, andere nicht. Viele sind mir dankbar dafür, was ich für Alba getan habe. Aber ich kann nicht bei allen beliebt sein.»

«Sie haben also Angst, der Mörder könnte …»

«Nein, ich habe keine Angst um mich. Ich bin gut geschützt. Aber ich bin neugierig. Ich habe gelernt, dass das Wissen um bestimmte Dinge eine Form von Macht darstellt. Dinge auf- und dann wieder zuzudecken, Dinge zu wissen und dieses Wissen für sich zu behalten. Finden Sie heraus, wer Moresco umgebracht hat. Und berichten Sie mir. Ich werde mich erkenntlich zeigen. Sie bekommen einen Vorschuss auf die Spesen.»
Die Frau versuchte, Zeit zu gewinnen, um noch mehr in Erfahrung zu bringen.
«Bei wem soll ich Ihrer Meinung nach anfangen?»
«Das müssen Sie selbst entscheiden. Da will ich mich nicht einmischen, das ist doch Ihr Metier.»
«Vielleicht bei Morescos Verwandten, bei seinem Sohn.»
Tibaldi lächelte aufmunternd.
«Genau deshalb wollten Sie eine Blonde, in den Dreißigern, Ausländerin, raffiniert und den ganzen Rest. Womöglich sogar mit dem Namen Sylvie», sagte sie mit wachsendem Ärger.
Aber Tibaldi mochte keine Diskussionen, schon gar keine Auseinandersetzungen. Er verabschiedete sich mit einem gemurmelten: «Also bis bald, Sylvie.»
Schon stand der Assistent vor ihr. Das Geld in dem Umschlag war mehr als ausreichend, um den verletzten Stolz einer Privatdetektivin zu kompensieren.

17

Alba,
Donnerstag, 19. April 1945, 3.40 Uhr

Moresco kannte Alberto gut genug, um zu wissen, dass er niemals reden würde. Es ging auch ohne ihn. Wenn Alberto sich darauf versteifte, mit der ganzen Sache nichts zu tun haben zu wollen, umso besser. Dann konnte er die Hälfte, die der Bischof den Partisanen angeboten hatte, komplett für sich behalten.
Aber auch Alberto kannte Moresco. Deshalb brachte er das einzige Argument ins Spiel, das jetzt vielleicht noch ziehen könnte.
«Domenico, hast du eigentlich mal an Virginia gedacht? Was würde Virginia tun, wenn sie jetzt hier wäre? Was würde sie sagen?»
«Lass die Frauen aus dem Spiel. Unsere Frauen werden es erfahren, wenn alles vorbei ist, je später, desto besser; sie werden die Früchte genießen. Und was Virginia betrifft, sie ist nicht da. Und sie wird auch nicht wiederkommen, nie mehr. Geht das endlich in deinen Schädel?»

«Nein, Domenico. Du hast doch gesagt, dass Virginia weiterlebt, in uns. Dass sie immer bei uns sein wird, für den Rest des Krieges, für den Rest unseres Lebens. Dass sie unser Handeln leiten, unseren Armen Kraft verleihen wird ...»

«Das habe ich gesagt, um dich zu trösten. Was hat denn Virginia damit zu tun?»

«Du hast sie auch geliebt. Denkst du, das hätte ich nicht gewusst? Glaubst du, sie wäre einverstanden mit dem, was du hier tust? Oder willst du nicht darüber reden, weil du dich schuldig fühlst? Hast du wirklich alles Mögliche getan, um sie zu retten?»

Dann schwieg Alberto, erschrocken über die eigene Kühnheit. Auch Moresco schwieg.

«Wart ihr schon mal in dem Keller unter der Kirche? Blöde Frage, zwei Gottlose wie ihr.»

Inzwischen behandelte der Priester sie wie Komplizen.

«Folgt mir. Ich werde euch herrliche Dinge zeigen.»

18

Neive,
Mittwoch, 20. November 1963

«Wie findest du ihn? Ist der nicht toll?»
«Na ja, ein typischer Barbaresco, so, wie du ihn immer machst. Nichts Besonderes.»
«Ich rede nicht vom Wein. Sondern vom Namen, dem Design, dem Etikett.»
Auf dem Etikett stand: Lulús Barbaresco. Dahinter sah man die Umrisse eines Hügels und davor einen Mann mit geschultertem Gewehr.
«Das ist eine Hommage. Erinnerst du dich an Lulù?»
«Natürlich erinnere ich mich an ihn.»
«Die Deutschen hatten seinen Vater, seine Mutter und seinen Bruder umgebracht. Und er hatte geschworen, dafür dreihundert von ihnen umzubringen. Die Deutschen rechneten zehn für einen, stimmt's? Doch er behauptete, einer der seinen sei so viel wert wie hundert Deutsche.»
«Glaubst du, er hat wirklich dreihundert geschafft?»

«Ich weiß nicht. Als ich ihn das letzte Mal sah, in Dogliani, war er bei zweihundertzweiundsechzig. Aber wer weiß, wie er die gezählt hat.»

«Ich habe meine Deutschen und meine Faschisten alle gezählt. Und ich gehe sie immer wieder durch, jeden Abend, vor dem Einschlafen.»

Moresco sah ihn ein wenig erschrocken an.

«Manchmal frage ich mich, was aus dir geworden ist.»

«Frag dich lieber, was aus dir geworden ist. Sieh dich doch um, und dann gib mir eine Antwort.»

Morescos Hof war ein altes rotes Backsteingebäude mit drei großen Eichen auf dem Vorplatz. Vor ein paar Jahren hatte er einen neuen Flügel anbauen lassen, in dem die Techniker an den Weinen arbeiteten. Außerdem hatte er gegenüber am Fuß des Hügels einen großen Weinkeller ausschachten lassen. In der Stadt erzählte man sich, dort unten liege ein Vermögen im Wert einer Bank, vielleicht nicht bloß in Flaschen. Moresco taxierte den Mann, von dem er sich inzwischen in jeder Hinsicht unterschied, dem er sich jedoch trotz allem weiterhin verbunden fühlte.

«Sag du's mir, Alberto, mit deinen Worten, was aus mir geworden ist.»

«Ein Mann mit viel Geld und vielen Schatten. Du versuchst, deine Vergangenheit zum Schweigen zu bringen. Du sagst zwar, du bist Kommunist …»

«Das bin ich auch. Das bin ich immer gewesen, und das werde ich immer bleiben. Daran wird sich auch nichts ändern, bloß weil ich durch meine Arbeit reich geworden bin.»

«Nicht allein durch deine Arbeit. Und jetzt, jetzt schreckst du nicht einmal mehr davor zurück, deinen Barbaresco für Reiche nach einem Partisanen zu benennen.»

«Lulù war viel mehr als ein Partisan. Er war eine Legende. Franzose, mit piemontesischen Wurzeln. Weißt du noch, wie wir manchmal den ganzen Abend damit zubrachten, uns seine Abenteuer anzuhören? Dann wurde lang und breit erzählt, wie er die Deutschen unzählige Male genarrt hat, dass er auf seinem Motorrad in den Kampf zog und dabei mit den Füßen lenkte, um die Hände für das Maschinengewehr frei zu haben. Morgens wollte man ihn in Mombarcaro gesehen haben, nachmittags in Alba und abends in Pedaggera. Eines Tages, so erzählt man sich, soll er den Deutschen an der Straße nach Treiso aufgelauert haben, und am nächsten Morgen saß er dann seelenruhig dort auf der Piazza und trank seinen Espresso. Er tauchte plötzlich auf und verschwand dann genauso schnell wieder – auf dem Motorrad, im Auto, mit dem Fahrrad ...»

«Deshalb ist er auch bei einem banalen Verkehrsunfall ums Leben gekommen.»

Mit einem Blick gab Alberto zu verstehen, dass er nichts weiter zu sagen hat.

«Na gut. Nimm, was dir zusteht», sagte Moresco und zeigte auf die Tasche, «und dann schieß in den Wind.»

«Die Mundart benutzt du auch nur noch zum Fluchen.»

«Hau ab, Alberto.»

19

Alba,
Sonntag, 25. April 2011, 19.15 Uhr

Als der Wirt den Inspektor eintreten sah, dachte er einen Augenblick lang, es sei wegen der ranzigen Fonduta. Auch der Apotheker hatte sich beschwert, und tatsächlich kam es an vollen Sonntagen manchmal vor, dass den Kunden Sachen vom Vortag vorgesetzt wurden. Und eine Fonduta, die nicht frisch gemacht ist …

«Guten Abend. Was kann ich für Sie tun?»

Der Inspektor beschloss, auf Angriff zu setzen.

«Etliches. Zum Beispiel können Sie mir erklären, warum die Zeit ein Gentleman ist.»

Der Wirt tat so, als verstünde er nicht. Und ging zum Gegenangriff über.

«Hören Sie, heute Abend ist es ungünstig. In einer Viertelstunde kommen schon die ersten Gäste. Im Übrigen sind wir hier nicht in Chile. Die Polizei kann hier nicht tun und lassen, was sie will, mit wem sie will und wann sie will.»

«Ich bin noch nicht fertig. Ich wollte sie auch noch fragen, warum das Leben lang ist.»
«Das scheint mir nicht der Augenblick für Scherze.»
«Das stimmt. Diese Gemeinschaft ist in Trauer.»
«Ich gehöre dieser Gemeinschaft an. Und Sie?»
«Ich auch, wenn ich im Dienst bin.»
«Und das gibt Ihnen das Recht zu denken, ich wüsste irgendetwas über die Ermordung von Moresco?»
«Woher wissen Sie, dass er ermordet wurde?»
«Inspektor ... hier spricht sich alles schnell herum.»
«Offenbar wissen Sie eine Menge über Moresco.»
«Ich nicht. Mein Vater, der kannte ihn gut. Ich kannte ihn nur vom Sehen. Er ging nie zum Essen aus, jedenfalls nicht in Alba. Und wie Sie wissen, kann ich es mir nicht leisten, seine Weine zu führen.»
«Sie haben heute gesagt, dass die Zeit ein Gentleman ist. Was haben Sie damit gemeint? Je früher Sie mir das erklären, desto eher können Sie Ihre Schweizer bedienen.»
«Woher wissen Sie, dass es Schweizer sind?»
«Wer sonst sollte für halb acht einen Tisch zum Abendessen reservieren? Nun? Als Sie erfuhren, dass Moresco ermordet wurde, haben Sie gesagt, dass das Leben lang und die Zeit ein Gentleman ist. Warum? Was steckt dahinter?»
«Eine schlimme Geschichte, Inspektor. Man weiß ja, wie sehr die Trüffelsucher sich gegenseitig verachten.

Sicher, normalerweise schießen sie nicht gerade aufeinander. Aber richtig gemeine Sachen, die machen sie schon … nicht bloß zerstochene Reifen. Sie vergiften gern den Hund des anderen, wussten Sie das?»
Davon hatte der Inspektor auch schon gehört. Junge Hunde werden mit viel Prügel und wenig, aber stets mit Trüffel gewürztem Futter aufgezogen. Folglich sind Futter und Trüffel für einen guten Hund ein und dasselbe. Nur wenn das arme Tier vollkommen ausgehungert ist, findet es den Trüffel. Doch dann nimmt man ihm die Beute weg, und es darf wieder von vorne anfangen. Eine echte Tortur, wie die von Tantalos und Sisyphos zusammengenommen.
«Es kommt mir seltsam vor, dass man Moresco wegen ein paar Trüffeln ermordet haben soll. Schwarze Trüffel, noch dazu. Und außerdem war er ja nicht bloß Trüffelsucher.»
«Natürlich nicht.»
«War er eigentlich bei den Partisanen?»
«Sogar als Kommandant. Aber Rachefeldzüge, die hat es hier nicht gegeben. Wir sind ja nicht im Todesdreieck. Und Faschisten hatten wir hier in der Stadt sowieso keine.»
«Keinen einzigen?»
«Ein paar lauwarme, vor dem Krieg. Aber zuzeiten der Republik von Salò standen alle hinter den Partisanen. Bis auf die Brüder Vergnano und ein paar an-

dere. Sicher, man wartete darauf, dass die Nacht zu Ende ging. Wer konnte, hielt sich raus oder spielte ein doppeltes Spiel. Aber keiner oder fast keiner wollte den Partisanen an den Kragen. Moresco schon gar nicht. Höchstens aus Neid ...»

«Aus Neid, sicher. Haben Sie das hier schon mal gesehen?»

Der Wirt sah sich das Abzeichen an, das der Inspektor plötzlich in der Hand hatte.

«Warum sollte ich das schon mal gesehen haben? Ich weiß nicht mal, was das ist.»

«Dann sag ich es Ihnen. Das ist ein deutsches Offiziersabzeichen.»

«Hatte Moresco das?»

«Nein. Aber meines Erachtens hat der Mörder es bei ihm zurückgelassen. Sagt Ihnen das irgendwas?»

«Ich wüsste nicht, Herr Inspektor. Ich weiß nur, was in Alba jeder weiß, der wie mein Vater im April 1945 in Alba war. Es ist ein offenes Geheimnis, sozusagen.»

«Ich war nicht dabei. Helfen Sie mir?»

Da dämmerte dem Wirt, dass er nicht so schnell davonkommen würde, wie er gehofft hatte. Er schnaubte widerwillig wie ein alter Gaul, eine Mischung aus Protest und Resignation. Dann nahm er einen Stuhl, holte eine Flasche und zwei Gläser, schloss die Tür zum Restaurant ab und schaffte es

gerade noch, bevor die Schweizer kamen, ein Schild auszuhängen:
Wegen Trauerfall geschlossen.

20

Alba,
Donnerstag, 19. April 1945, 6 Uhr

Von der Madonna Moretta bis zu dem Gehöft, wo das Kommando der Garibaldini untergebracht war, brauchte man, selbst wenn man an das stramme Marschieren des Krieges in den Bergen gewöhnt war, mindestens drei Stunden. Die ganze Zeit sprachen Alberto und Moresco kein Wort, während sie sich mit der Anzahlung auf den Schatz abschleppten. Später würden sie noch einmal zurückkehren, um den Rest zu holen. Beide waren so wütend aufeinander, dass sie ausschritten wie Furien. Ab und zu verschärfte Alberto das Tempo und drehte sich herausfordernd zu seinem Gefährten um: «Was ist los mit dir? Du trödelst herum wie der Tod bei den Reichen.» Für die Langaroli misst nämlich der Tod mit zweierlei Maß; zu den Herrschaften kommt er bedächtig und respektvoll, zu den armen Schluckern hingegen hastig und rücksichtslos.

Der erste Schuss zerfetzte den Ast über ihnen. Ins-

tinktiv warfen sie sich zu Boden. Der Waldweg war voller Schlamm. Fluchend versuchte Alberto vom Weg zu robben. Moresco schoss zweimal in die Richtung, aus der das Feuer gekommen war.
Dann sahen die beiden sich fragend an. Was ging hier vor? Schon seit Tagen hatten sich die Deutschen nicht mehr blicken lassen. Inzwischen wollten auch sie nur noch ihre Haut retten. Von den Faschisten ganz zu schweigen, die schienen wie vom Erdboden verschluckt. Blieben noch eine Handvoll Heckenschützen, die wild entschlossen waren, bis zum bitteren Ende ihr Unwesen zu treiben. Aber das hier waren keine Leute, die wahllos auf Passanten schossen. Die waren ihretwegen hier. Und für Heckenschützen trafen sie einfach zu schlecht. Oder wollten sie vielleicht gar nicht treffen?
«Steh auf, Moresco. Wenn ich gewollt hätte, wärst du jetzt tot. Ich hätte dich abknallen können wie eine Taube.»
«Wer bist du?», schrie Moresco, um sich bestätigen zu lassen, was er schon wusste.
«Wir sind's. Oder hast du etwa geglaubt, du könntest alles für dich behalten?»
Die Brüder Vergnano waren der Schandfleck der Langhe. Die Freiwilligen der Schwarzen Brigaden kamen fast ausschließlich aus dem Süden, aus der Toskana, der Emilia, auf jeden Fall von außerhalb. Die

beiden aber waren aus Alba, kämpften trotzdem auf deutscher Seite und waren dabei, als die Stadt nach den dreiundzwanzig Tagen der Partisanenrepublik zurückerobert wurde und die neuen Besatzer selbst die Glocken läuten mussten. Jetzt versuchten sie zu überleben und wenn möglich einen Vorteil aus der Niederlage zu ziehen.

«Was wollt ihr?»

«Spar dir deinen Atem. Das weißt du ganz genau.»

«Was denn, was weiß ich?»

«Tu nicht so. Oder glaubt ihr etwa, dass euch keiner gesehen hat, als ihr diese Nacht in der Kirche wart?»

«Ihr Saubande, Faschistenschweine! Ist euch der Preis für eure Schandtaten noch immer nicht hoch genug?»

«Wir haben unseren Preis schon bezahlt. Die ganze Rechnung, für alle. Für ganz Italien, das jetzt so tut, als wäre es nie faschistisch gewesen, und irgendwann selbst daran glauben wird. Auch wir haben unsere Toten gehabt. Dieses Gold gehört dem Vaterland. Und es ist auch unser Vaterland.»

«Wir haben nichts für euch.»

«Auch nicht für eure Genossen? Glaubst du, die sind begeistert, wenn sie hören, dass du mit der Kirche halbe-halbe gemacht hast?»

«Wir können euch nichts geben, nicht jetzt. Wir können später darüber reden, in Ruhe. Wir werden uns schon einig, in Alba, wenn alles vorbei ist.»

«Wir trauen euch nicht. Stimmt's Alessandro, wir trauen euch ganz und gar nicht», rief Cesare Vergnano seinem Bruder zu. Er grinste. Das Gespräch hatte eine interessante Wendung genommen.
«Wir trauen euch nicht, weil ihr Kommunist…»
Eine Kugel durchbohrte seinen Körper, glatter Durchschuss. Cesare Vergnano fiel den Abhang hinunter wie ein Sack Kartoffeln. Ungläubig sahen sein Bruder und Moresco sich an. Dann drehten sie sich um. Da stand Alberto, das rauchende Gewehr in der Hand, mit funkelnden Augen, den Zeigefinger auf Moresco gerichtet: «Die haben Virginia umgebracht. Und du, du willst auch noch mit ihnen teilen.»

21

Alba,
Donnerstag, 21. November 1963

«Ihr habt mich rufen lassen, Pater?»

«Komm her, mein Sohn. Lass dich ansehen.»

In diesem November spürte auch Pater Bergoglio sein Ende nahen. Antonio Tibaldi stellte fest, dass sich seit 1945 in dem Zimmer im Seminar nichts verändert hatte. Ein schmales Bett aus dunklem Holz. Eine weiche Matratze, eine von denen, in die man tief einsank, wie sie seit Langem aus der Mode waren. Ein Betstuhl mit barockem Schnitzwerk und violettem Kissen. Aus dem Flur roch es nach Minestrone, aus der Kapelle nach Weihrauch. Wer weiß, wozu Pater Bergoglio es noch gebracht hätte, wäre er im Vatikan und nicht in Alba tätig gewesen.

«Siehst du? Als für dich die Zeit zum Kämpfen kam, hast du dich ehrenhaft geschlagen. Alle Erwartungen hast du erfüllt, mein Sohn. Daran habe ich nie gezweifelt.»

«Aber ich habe doch fast gar nichts gemacht, Pater.

Es gibt immer noch sehr viel zu tun ...»
«Da hast du recht. Das Beste kommt erst noch. Deshalb darfst du auch nicht leichtsinnig werden. Das Volk Gottes ist unruhig. Die Leute sind zu Geld gekommen. Sie kaufen und verkaufen. Kein Mensch wettet mehr beim Faustball, keine Geldscheine mehr für die Spieler, die sie dann in den Stutzen versteckten und gezielt danebenwarfen ...»
Pater Bergoglio brach in ein krampfhaftes Lachen aus, das mit einem Hustenanfall endete.
«Heutzutage fahren die Söhne der Landarbeiter am Freitagabend nach Montecarlo und verspielen alles im Casino. Oder sie fahren nach Mailand, um an der Börse zu wetten, was auf dasselbe hinausläuft. Aber du, Antonio ...» Mit zitternder Stimme und erhobenem Zeigefinger setzte sich der Priester im Bett auf.
Tibaldi gelang es, ihn zu beruhigen. Er nahm die Hände des Geistlichen und sorgte dafür, dass er sich wieder hinlegte.
«Ich nicht. Nach Mailand, an die Börse, nie und nimmer.»
«Schwör's.»
«Das verspreche ich Ihnen, Pater.»
«Versprechen reicht nicht. Versprechen sind wie ein Windhauch. Schwör es.»
«Ich schwöre es, Pater.»
«Wer an die Börse geht, ist nicht mehr sein eigener

Herr. Doch wir müssen dafür sorgen, dass die Arbeit hier bei uns bleibt. Die Leute sind zwar wohlhabender als früher, aber auch viel leichtlebiger. Wir sind eine verrückte Rasse, mit bösem Blut. Wir leben von einer geheimnisvollen Erde, von Früchten, die nur bei uns wachsen. Wir haben einen Hang dazu, morgens zu spielen oder abends seltsame Geschichten zu schreiben. Nach einer Schlucht zu suchen, um uns hinunterzustürzen und ein Ende zu machen. Und nicht immer ist jemand da, ein Priester oder ein Kind, der uns an die Hand nimmt, um uns zu beschützen.»

«Aber jetzt bin ich da, Pater, um Ihre Hand zu halten.»

«Nicht mehr lange, Antonio. Meine Tage sind gezählt. Doch von nun an kommst du allein zurecht. Du weißt, was du zu tun hast. Und vor allem, was du auf keinen Fall tun darfst.»

«Ich weiß.»

«Denk immer daran: Kein Wort.»

«In Ordnung. Auch wenn die Gerüchte …»

«Vergiss die Gerüchte. Du streitest alles ab. Oder besser noch, du schweigst. Der Herr hat dir viel gegeben, inklusive einer schweren Aufgabe. Bewahre es mit der Kraft der Verschwiegenheit, und wenn nötig mit Scheinheiligkeit.»

«Mit Scheinheiligkeit?»

«Ja. Scheinheiligkeit ist die Rettung der Welt, das

dürftest du inzwischen gelernt haben. Und jetzt knie nieder.»

Antonio Tibaldi gehorchte. Pater Bergoglio legte ihm die Hände auf und segnete ihn wie ein Patriarch.

22

Alba,
Montag, 26. April 2011, 10 Uhr

Roberto Moresco misstraute den Journalisten. Sicher, er war nicht so krankhaft reserviert wie Tibaldi, der in seinem ganzen Leben noch nie ein Interview gegeben hatte. Hin und wieder machte Roberto sich einen Spaß daraus, den Zeitungen zwanzig Jahre alte Fotos unterzujubeln; einmal gab er einer linken Zeitung, die nicht lockerließ, sogar das Bild eines Freundes, der ihm ähnlich sah. Allerdings war auch er der Presse gegenüber äußerst vorsichtig und versuchte, sie für seine Zwecke einzuspannen. Er ließ sich gern zitieren, und zu Weihnachten verschenkte er auch mal die eine oder andere gute Flasche, jedoch stets mit Bedacht, kleine Mengen, auf keinen Fall aus den besten Jahrgängen und nur an ausgewählte Adressaten. Doch an diesem Tag hatte er überhaupt keine Lust zu reden. Schon gar nicht über seinen Vater, der noch nicht einmal unter der Erde war. Aber die Anfrage kam von einer renommierten Zeitung, und die Stim-

me am Telefon klang verführerisch, eine Französin. Deshalb hatte er einem Treffen zugestimmt, unter der großen Uhr in der Via Maestra. Als er Sylvie dann sah, war er sofort hingerissen.
Er führte sie ins Vincafé, ein Lokal, das auf Ausländerinnen immer Eindruck machte: unverputzte Ziegelwände, alte Holzbalken, lange dunkle Treppen. Man kam sich vor wie im Keller seines Großvaters, wo er als Kind oft gewesen war; dort hatte er zum ersten Mal Angst erlebt und später als Jugendlicher den ersten Wein gekostet und die ersten Frauen ausprobiert. Unterwegs wollte er Sylvie unbedingt die Buch- und Weinhandlung zeigen, auch das einer seiner Lieblingsorte. Als Schüler hatte er dem alten Buchhändler immer beim Verkauf der Schulbücher geholfen. Von dem Lohn kaufte er sich jedes Jahr irgendetwas, ein Fahrrad, ein gebrauchtes Moped, ein Paar Timberland-Schuhe. Später, als immer mehr Touristen kamen, hatte der Buchhändler angefangen, sein Sortiment zu erweitern, und außer Romanen und Lehrbüchern auch Wein und Trüffel angeboten. Inzwischen war er selbst nicht mehr da, und die Bücher wurden immer weniger. Aber Roberto wusste, dass man dort den Bildband eines Freundes führte, der es noch geschafft hatte, die schönsten Ecken der Langhe zu fotografieren, bevor er sich erhängte.
Sylvie blätterte in dem Bildband und sah sich Fotos

von den Langhe im November an. Neben dem Regal, das der Buch-Weinhändler aus diesem Anlass mit Moresco-Weinen bestückt hatte, entdeckte Roberto ein Buch mit roter Bauchbinde: «Gaetano Gaetani – der neueste Krimi des Schriftstellers aus den Langhe». Verblüfft dachte er, Schriftsteller aus den Langhe? Jetzt sieh dir mal diese Süditaliener an, unverschämt, aber clever. Ein paar Mythen hatte Alba immerhin hervorgebracht, die Trüffel und die Weine. Aber selbst wenn Saviano oder Cassano hier in den Langhe geboren wären, in Bene Vagienne oder Acqui Terme zum Beispiel, würde kein Mensch ihnen Beachtung schenken.

23

Alba,
Freitag, 20. April 1945, 6.30 Uhr

Fast panisch, als könne er ihr jeden Augenblick entrissen werden, liebkoste Marisa Tibaldi den geliebten Mann. Sie bewunderte seine Intelligenz, war geblendet von seiner Kraft, doch sie liebte ihn auch wegen seines Körpers, auf den sie nur schwer hätte verzichten können.

Sein Ansinnen hatte sie verwirrt. Die meisten Frauen, die sie kannte, hätten das als einmaligen Glücksfall betrachtet und mit Freuden zugestimmt. Aber sie hatte schon genug Schuldgefühle, noch eins hätte sie nicht ertragen. Deshalb hatte sie zunächst abgelehnt. Und er musste mehr Mühe als gewöhnlich aufwenden, um sie zu überzeugen.

«Marisa, jetzt überleg doch mal. Das ist eine einmalige Gelegenheit für alle. Für deine Familie. Für Antonio. Für die Firma. Für die Stadt.»

«Das ist eine zu große Belastung. Und es ist gestohlenes Geld.»

«Es ist nicht gestohlen. Es ist ein Geschenk des Herrn. Eine kleine Wiedergutmachung für all das Schlimme, das wir durchgemacht haben.»
«Und an das Schlimme, das wir selbst getan haben, denkst du nie? Und außerdem, eine solche Summe, die nennst du klein?»
«Nein, die Summe ist nicht klein. Aber wenn wir sie nicht gut anlegen, wird sie in zwanzig Jahren winzig sein. Auch Jesus sagt: die Talente darf man nicht vergraben. Man muss sie nutzen.»
«Ja, aber warum ausgerechnet wir?»
«Weil dein Mann Talent hat. Und Antonio noch viel mehr. Du müsstest ihn sehen, im Seminar, wie fleißig er lernt, wie er sich engagiert. Und außerdem ist er schlau wie der Teufel. Er versteht alles wie im Flug. Kaum hat man angefangen, weiß er schon, worauf es hinausläuft. Neulich hat er mir gesagt …»
Marisa Tibaldi legte ihm den Zeigefinger auf den Mund, so sanft, dass sich jede Widerrede verbot. Unter den vielen Schuldgefühlen war ihr Sohn das größte.
«Marisa, hör mir zu. Dabei denke ich nicht nur an ihn. Ich denke an unsere kleine Stadt. Der Krieg ist über sie hinweggefegt wie ein Unwetter. Es gibt keine Arbeit. Dafür mehr vergrabene Waffen als Geld. Was soll aus uns werden? Wenn wir nichts unternehmen, überlassen wir den Kommunisten kampflos das Feld.

Nach und nach werden sie alles an sich reißen. Dann wird es kein Privateigentum mehr geben und auch keine guten Christen. Du weißt doch, wie die Leute hier sind, Glücksspieler, Selbstmörder, Gauner. Selbst wenn man sich alle erdenkliche Mühe gibt, findet man keinen, der wirklich ehrlich ist …»

«Das ist nicht wahr.»

«Unmöglich, einen zu finden, der kein Faulpelz ist oder zumindest ein Künstler. Man muss ihnen Grenzen setzen, Regeln vorgeben. Wir können uns nicht damit durchschlagen, dass wir den Turinern Wunderpillen verkaufen, die angeblich Wasser in Benzin verwandeln. Und wir dürfen auch nicht zulassen, dass die Menschen abwandern und das Land sich entvölkert. Wir müssen eigene Unternehmen aufbauen, nach unseren Möglichkeiten, mit unseren einheimischen Produkten.»

«Und wofür würdest du das Geld ausgeben?»

«Euer Betrieb läuft gut. Wein ist ein gutes Geschäft. Und wir haben den besten in Italien, vielleicht sogar weltweit. Dabei kostet er nur ein Drittel dessen, was man in Bordeaux oder im Burgund bezahlt. Man könnte die Produktion ausbauen, viel größere Mengen produzieren, zehn Mal so viel, hundert Mal so viel. Ihr könntet Weinberge hinzukaufen, in ganz Italien. Vielleicht auch in Frankreich.»

«Und die Kirche, was hätte die Kirche davon?»

«Da gibt es viele Möglichkeiten, sich erkenntlich zu zeigen. Für neue Betriebe braucht man neue Arbeitskräfte. Dafür nehmt ihr Leute aus dem Heer der Weinbauern, die euch die Trauben verkaufen; damit sichert man ihren Lebensunterhalt, ohne sie zu entwurzeln, man ermöglicht ihnen, ein gottesfürchtiges Leben zu führen, und verhindert, dass sie Kommunisten werden. Wir verlangen keine Lira, aber wir sagen euch, wen ihr einstellen sollt. Mit dieser Methode können wir das gesamte Gebiet von hier bis nach Turin an die Kirche binden, an die christliche Nächstenliebe, an das Gute.»

«Und Antonio? Hast du auch bedacht, dass das Ganze ihn überfordern könnte?»

«Antonio ist robust, er wird sich gegen alle Widerstände durchsetzen.»

Marisa drückte ihn an sich. Wenn er so prophetisch sprach, fand sie ihn einfach umwerfend. So hatte er sie erobert, mit dieser unvergleichlichen Mischung aus visionärer, fast asketisch anmutender Kraft und einem handfesten, fast furchterregenden Realismus.

Pater Bergoglio gab ihr einen Schmatz, das war seine Art, sich zu verabschieden. Rasch zog sie sich an. Verstohlen verließ sie, kurz bevor es hell wurde, das Haus durch die Hintertür, darauf bedacht, nicht gesehen zu werden.

24

Winter 1944

Sein Leben lang sollte Alberto den Blick nicht vergessen, mit dem Virginia ihn ansah, als er von einer Mission in Turin zurückkam. Zwei Wochen hatte er nichts von sich hören lassen. Besessen von dem Gedanken, Moresco habe ihn mit der romantischen Idee losgeschickt, die Genossen aus dem Gefängnis zu befreien, nur damit er genügend Zeit hätte, eine andere, entschieden weniger romantische Idee in die Tat umzusetzen.

Und tatsächlich, als er auf den Hof zurückkam, sah er Virginia und Moresco zusammen. Aber zwischen ihnen lief nichts mehr. Von draußen, in Dunkelheit und Kälte versteckt, beobachtete Alberto sie durchs Fenster, ohne ein Wort ihres Gesprächs zu verstehen, ohne von ihren Lippen ablesen zu können, im schwachen Licht der Lampen. Doch als er ihren Blick auffing, wusste er, was geschehen war.

Virginia hatte sich nicht für Moresco entschieden,

sondern für ihn, Alberto. Für einen Mann, weniger reich, weniger hart, vielleicht auch weniger schön, jedoch fähig zu absoluter Ergebenheit, zu einer Liebe, die alles überdauern würde, die Umstände, die Jugend, diese aufregende, aber vergängliche Jagdsaison, wo man jede Nacht sein Leben aufs Spiel setzte. Virginia hatte sich für den Menschen entschieden, für den jeglicher Gedanke an die Zukunft untrennbar mit ihr verbunden war. Sie hatte begriffen, dass nichts auf der Welt stärker ist als eine Frau, die sich dem Mann hingibt, von dem sie bedingungslos geliebt wird.
In dieser Nacht schliefen Virginia und Alberto zum ersten Mal miteinander. Und zum ersten Mal spürte er den Gleichklang von Leidenschaft und Gefühl und dachte, dass sich das irdische und das himmlische Paradies am selben Ort befanden, in seinen Armen, unter den Lidern seiner Frau. Er liebte sie, indem er sie fest an sich drückte, ohne je den Blick von ihren Augen zu lösen, bis ihr Puls und Atem eins wurden, für eine Zeit, die keiner von beiden hätte messen können. Erst ganz am Schluss merkten sie, wie unsere Stammeseltern nach dem ersten Sündenfall, dass sie nackt waren, doch keiner von beiden empfand Scham.
An den folgenden Tagen nutzten sie jede Gelegenheit, sich allein zu treffen, wie Kinder, die ein neues, bis dahin kaum vorstellbares Spiel entdeckt haben. Dann kam der Befehl von Moresco. Diesmal für sie.

25

La Morra,
Montag, 26. April 2011, 13 Uhr

«Sieh mal, als ich 1978 in die Oberstufe kam, vollzog sich gerade ein grundlegender Umbruch. Auf einmal war alles überholt, wofür mein Vater sich interessierte: die Politik, das politische Engagement, die Partei. Und es zählte plötzlich all das, wofür ich mich interessierte.»

Beim Mittagessen ging Roberto Moresco auf Nummer sicher und führte Sylvie in das Restaurant in La Morra, hoch über den Weinbergen gelegen, mit einem fantastischen Ausblick auf das endlose Hügelmeer. Er vermied es tunlichst, den eigenen Wein zu bestellen, und orderte einen kalten, fruchtigen Brut, einen, der nicht in Mode war, weil er keinen Namen hatte, weder Champagner noch Prosecco. Die Besitzerin des Lokals, eine alte Freundin der Familie, bestand darauf, dass sie alles probierten, auch ein Dessert, das es nur hier gab, ein Schokoladen-

Tabak-Soufflé. Trotzdem schaffte es Sylvie auch gegen Ende des Essens nicht, Roberto dazu zu bewegen, über sich und sein Verhältnis zu diesem übergroßen Vater zu reden. Alles, was sie ihm entlocken konnte, war eine Episode aus dem Sommer 1983, als er gerade das Abitur gemacht hatte.

Roberto Moresco erzählte ihr von der Wette, die er damals mit seinen drei besten Freunden abgeschlossen hatte. Eigentlich nichts Sensationelles, es ging darum, wer in der Zeit von Juli bis November die meisten Frauen abschleppte. Roberto sollte Zeuge und Richter sein. «Theoretisch hatten alle die gleichen Voraussetzungen. Alle drei waren weder schön noch hässlich. Und alle frönten dem neuen Zeitgeist. Nach den Jahren der Demos und Sitzblockaden hatten die jungen Leute jetzt anderes im Sinn. Im Übrigen auch mein Vater, er redete weiterhin vom Kommunismus, machte derweil aber viel Geld.»

«Ja, aber was wurde aus der Wette?»

«Sandro war Klassenprimus und ließ wie immer nichts unversucht. Er nahm Saxophonunterricht und lernte Portugiesisch, weil er irgendwo gelesen hatte, Saxophon sei das sinnlichste Instrument und Portugiesisch die sinnlichste Sprache. Außerdem machte er einen Tangokurs und konnte gut kochen. Er ging ins Fitnessstudio und bekam richtige Brustmuskeln. Aber all das half nichts.»

«Bestimmt alles eine Frage des mangelnden Selbstvertrauens.»
«Genau. Selbstvertrauen ist wichtiger als Brustmuskeln, auch als Arm- und Beinmuskeln. Mario dagegen hatte keine Probleme. In jenem Sommer machte er Werbung für die Diskothek am Seeufer. Tagsüber zog er über die Dörfer, um die Mädchen einzuladen. Abends suchte er sich dann eine aus, gab dem DJ ein Zeichen, damit er den neuesten Hit auflegte, und schmiss sich dann mit wilden Verrenkungen an sie, Becken an Becken. Wenn die Erwählte ging, kam die nächste an die Reihe. Wenn die sich an ihn drückte, war's geschafft.»
«Und wie endete es gewöhnlich?»
«Irgendeine, die seine Annäherungsversuche erwiderte, fand er immer.»
«Und der dritte?»
«Andrea fuhr nach Lourdes.»
Sylvie öffnete ihren schönen rosa Mund und lachte aus vollem Hals.
«Das ist kein Witz. Er fuhr als freiwilliger Helfer nach Lourdes.»
«Aber hatte er nicht auch gewettet?»
«Doch, genau deshalb. Er dachte, dass er in Rimini oder auf Ibiza keine Chance hätte. Zuviel Konkurrenz. Und Mädchen, die gab es auch in Lourdes, sogar massenhaft. Diese ehrenamtlichen Helferinnen

verbrachten den lieben langen Tag in Gesellschaft einer leidgeplagten Menschheit, Schwerkranke ohne Hoffnung, menschliche Wracks. Andrea aber hatte für jeden ein Lächeln und war immer nett. Deshalb waren die Mädels froh, wenn sie abends einen gesunden, passablen jungen Mann um sich hatten. Außerdem waren sie katholisch und hatten einen Begriff von Sünde …»

An dieser Stelle stimmte auch Roberto in Sylvies Lachen ein.

«Und du, wie viele Frauen hast du in diesem Sommer gehabt?»

Stolz warf sich Roberto in die Brust wie ein Torero und machte die nicht gerade originelle Bemerkung: «Ich rede nicht über die Frauen, sondern mit ihnen.»

Sylvie begriff, dass der Brut nicht reichen würde, damit er auftaute. Und sie richtete sich, nicht einmal ungern, darauf ein, sich zu opfern.

26

Alba,
Freitag, 22. November 1963

«Warum bist du eigentlich mit mir zusammen?»
«Schon wieder?»
Wenn Vittoria so anfing, nahm es meist ein ungutes Ende. Folglich versuchte Alberto, den Spieß umzudrehen.
«Und du, sag du mir lieber mal, warum du mit mir zusammen bist. Du bist mit einem Mann verheiratet, der reich, stark und schön ist und von allen beneidet wird. Und dann schläfst du mit einem armen Schlucker, der zu allem Überfluss zumeist noch schlecht gelaunt ist.»
«Du weißt genau, warum. Weil ich dich liebe.»
«Dann verlass deinen Mann und zieh zu mir.»
«Das geht nicht, das weiß du doch am besten. Außerdem würdest du das gar nicht wollen.»
In Wahrheit wussten weder Alberto noch Vittoria so ganz genau, ob sie sich wirklich liebten. Damals vor zwanzig Jahren, als beide nach dem Tod ihrer gelieb-

ten Virginia plötzlich alleine dastanden, hatten sie sich zusammengetan und sich fortan aneinandergeklammert wie an eine zweite Chance. So kam es, dass sie jedes Mal, wenn die Lust abflaute, in Melancholie verfielen und den Tag heraufbeschworen, an dem sie Virginia verloren hatten. Diesmal war es Alberto, der die unvermeidliche Frage stellte.

«Glaubst du, dass dein Mann wirklich alles getan hat, um sie zu retten?»

«Ich glaube schon.»

«Obwohl Virginia sich für einen anderen entschieden hatte?»

«Für ihn war die Sache noch nicht ausgemacht, dazu war er viel zu sehr von sich überzeugt. Er dachte, er könne sie dir noch ausspannen.»

«Und wenn er sie lieber den Faschisten überlassen hat als mir?»

«Das will ich mir gar nicht vorstellen. Dann könnte ich keine Minute mehr an seiner Seite bleiben.»

«Verlass ihn.»

Da lächelte Vittoria wie ein dickköpfiges Kind. Schweigend sah sie zur Decke. Dann fing sie wieder an:

«Warum bist du eigentlich mit mir zusammen?»

27

Alba,
Montag, 26. April 2011, 14 Uhr

Alessandro Vergnano hauste immer noch in seiner alten Kellerwohnung im Zentrum. Als er den Polizeiausweis sah, zuckte er widerwillig zusammen. Der Inspektor empfand Mitleid mit diesem menschlichen Wrack. Er beschloss, sich zurückzuhalten.
«Niemand empfängt gern einen Polizisten», sagte er mit einem freundschaftlichen Lächeln.
Der andere reagierte nicht.
Der Inspektor sah sich im Raum um. In Rom oder in Süditalien, dachte er, fände man solche Devotionalien – eine Duce-Büste, ein Rutenbündel, Bücher aus faschistischen Verlagen – in der Wohnung erfolgreicher Leute, bei Anwälten oder Unternehmern, bei stinkreichen Leuten. Sogar im Veneto hatte er einmal einen Produzenten kennengelernt, der beim öffentlich-rechtlichen Fernsehen Millionen verdiente und trotzdem «Faccetta nera» als Klingelton auf seinem Handy hatte. Dagegen lebte Vergnano wirklich

wie eine Kanalratte, und so wurde er in Alba auch behandelt. Ein ideales Profil für einen Mordverdächtigen. Ein bisschen zu ideal.

«Ich müsste mich kurz mit Ihnen unterhalten.»

«Gern. Ich habe sonst niemanden, mit dem ich reden könnte.»

«Wirklich niemanden? Keinen einzigen Freund?»

«Ich hatte einen Freund, oder vielmehr einen Nachbarn. Aber der ist schon lange tot. Doch jetzt zu Ihnen. Was wollen Sie denn wissen?»

«Etwas über Moresco.»

«Er war Kommunist. Also kein anständiger Mensch.»

«Haben Sie ihn gekannt?»

«Wen?»

«Diesen Kommunisten, Moresco.»

«Natürlich habe ich ihn gekannt. Einmal habe ich sogar auf ihn geschossen. Aber nicht, um ihn zu töten. Hätte ich noch mal die Gelegenheit, würde ich tiefer zielen.»

«Hat Moresco damals einen Teil der Kriegsbeute der Vierten Armee bekommen?»

«Keine Ahnung. Mein Leben lang warte ich schon darauf, dass diese Geschichte an die Öffentlichkeit kommt. Aber sie haben es geschafft, alles geheim zu halten.»

«Aber wenn Sie ihn nicht töten wollten, aus welchem Grund haben Sie denn sonst auf ihn geschossen?»

«Weil damals gemunkelt wurde, er hätte den Schatz. Mein Bruder und ich sind hingegangen und haben unseren Anteil für die Familien der Gefallenen verlangt. Aber sie haben behauptet, uns stünde nichts zu. Da waren wir schon auf der falschen Seite. Und sie, die Sieger, haben auf uns geschossen. Ganz gezielt, um uns umzubringen.»

Da bemerkte der Inspektor ein Foto an der Wand, ein junger Mann im Schwarzhemd, braungebrannt und mit widerspenstigem Schopf.

«Mein Bruder. Heimtückisch erschossen.»

«Von wem?»

«Von Alberto. Morescos Freund. Der, von dem er erpresst wurde.»

«Alberto hat ihn erpresst, wegen des Goldes der Vierten Armee?»

«Ja, ich glaube schon. Auf jeden Fall hat Alberto mit Morescos Frau geschlafen, als Strafe für eine andere uralte Geschichte.»

«Und warum sollte die Frau eines Mannes wie Moresco sich mit einem anderen einlassen?»

«Keine Ahnung. Vielleicht weil auch sie ihre Schwester rächen wollte.»

28

Alba,
Samstag, 21. April 1945, 7 Uhr

Lire, Francs, Mark. Und Münzen, jede Menge Münzen. Moresco wusste gar nicht wohin mit all dem Gold. Denn der Schatz bestand nicht bloß aus Säcken und Kassetten mit Banknoten, sondern auch aus Goldbarren, Schmuck, Statuen, Gemälden. In aller Eile musste er ein altes verfallenes Bauernhaus requirieren, um alles unterbringen zu können.

Vittoria hatte nicht weiter nachgefragt, aber auch keine große Begeisterung gezeigt. Seit ihre Schwester auf diese entsetzliche Art umgekommen war, spielte sie nur noch die Beleidigte, als sei das Schicksal ihr etwas schuldig, und kein Glück der Welt konnte groß genug sein, um diese Schuld zu begleichen.

Offensichtlich, dachte Moresco, verfügten die Soldaten der Vierten Armee, die die Sachen beschlagnahmt hatten, neben einem großen Glauben auch über einen gewissen Geschmack. Denn unter den erbeuteten Schätzen befand sich auch eine Sammlung sehr schöner Madonnen: Holzstatuen, barocke Gemälde, ein paar wertvolle Marmorfiguren und das Bildnis einer schwarzen Madonna, die große Ähnlichkeit hatte mit jener aus der Provence, die von den Zigeunern verehrt wird. Don Tadini hatte sie nicht gewollt – fast als hätte er befürchtet, mit ihr seine Madonna Moretta zu beleidigen; womöglich riskierte man, sie eifersüchtig zu machen.

«Eine kleine Wiedergutmachung für Napoleons Razzien», sagte Moresco grinsend. Alberto antwortete nicht. Andere Truhen enthielten Papiere, Briefe, Buchhaltungsunterlagen. Moresco nahm sich vor, sie später in Ruhe durchzusehen. Vielleicht konnte man damit auch noch etwas verdienen. Dann beschloss er, die letzten Skrupel abzuwerfen.

«Alberto, all das könnte auch dein Leben verändern und das von Esterina. Sei doch nicht so stur. Denk nach, und überleg es dir noch mal.»

Alberto verzog verächtlich das Gesicht.

«Nun komm schon, Blonder …»

«Nenn mich nicht Blonder.»

«Nun hab dich nicht so, guck wenigstens mal, ob dir irgendetwas gefällt. Ein Präsent für deine Frau», lächelte er, krampfhaft bemüht, den Komplizen zu spielen. «Für deine neue Frau.»

Alberto sah, dass sich unter den Wertsachen auch deutsche Andenken befanden. Geschenke der deutschen Kameraden an die italienischen Waffenbrüder. Oder Beutestücke, die man den ehemaligen Verbündeten und baldigen Feinden gestohlen hatte. Oder Trophäen aus dem kurzen, hoffungslosen Krieg nach dem 8. September. Alberto nahm sich ein deutsches Offiziersabzeichen, steckte es ein und ging ohne ein Wort, den Blick starr auf Moresco geheftet.

29

San Benedetto Belbo,
Samstag, 30. November 1963

Schon in der ersten Kurve rutschte er aus; und bis zum Ziel ging es noch zweihundert Meter steil bergab.
«Johnny, meinst du wirklich, du schaffst es? Sollen wir nicht lieber gleich hier reden?»
Aber Braida wollte unbedingt bis hinunter ans Ufer des Belbo. Auf den letzten Metern musste Alberto ihn fast tragen. Der weiche Teppich aus Gras und Moos war noch genauso wie damals in ihrer Kindheit, als sie hier stundenlang auf dem Rücken lagen, um in die Wolken zu schauen. Zwischendurch standen sie auf, um Flusskrebse zu fangen, die sie roh aßen, oder Frösche, die abends zu Hause frittiert auf den Tisch kamen. Danach streckten sie sich wieder auf dem grünen Teppich aus.
Diesmal wartete Alberto nicht auf Amilcares Fragen. Diesmal hatte er selbst eine Geschichte zu erzählen. Und dann sprudelte es aus ihm heraus, die ganze

Geschichte mit Virginia, alles, was er noch nie jemandem anvertraut hatte. Aus Scham, aus Respekt vor ihrem Andenken, in dem Glauben, der Schmerz sei Privatsache. Jetzt aber wollte er, dass die Welt und vor allem die Stadt die wahre Geschichte erführe. Da war es auch egal, wenn in Alba kaum jemand Braidas Buch kaufte. Trotzdem würde sich innerhalb weniger Tage überall herumsprechen, dass es Moresco war, der Virginia losgeschickt hatte, von Hof zu Hof, von Unterschlupf zu Unterschlupf, um allen die Nachricht zu bringen, dass eine Razzia unmittelbar bevorstand und die Deutschen zusammen mit den Faschisten auf dem Weg in die Berge waren, von Alba aus, auf der Straße nach Treiso. Vittoria hatte protestiert, ihre Schwester sei inzwischen zu bekannt, alle wüssten, dass sie zu den Partisanen gehöre, deshalb sei es besser, wenn man sie, Vittoria, schicke. Aber Moresco hatte nur schroff erwidert: «Gerade weil sie die Partisanen kennt und von den Spitzeln unterscheiden kann, muss Virginia gehen.» Dann, als man sie geschnappt hatte, schickte er einen Trupp los, um sie zu befreien. Vielleicht aus Ehrgefühl, vielleicht auch weil er wusste, dass er sie in große Gefahr gebracht hatte. Aber die in der Kaserne hatten Maschinengewehre, und so musste der Trupp bei den ersten Salven unverrichteter Dinge wieder abziehen.

Braida stellte keine weiteren Fragen. Er wusste selbst

nur zu gut, wie die Faschisten Virginia gefoltert hatten. Es hieß, selbst die Brüder Vergnano, die Schande von Alba, seien entsetzt gewesen und hätten versucht, ihre Qualen abzukürzen; schließlich mussten die beiden in der Stadt weiterleben und wollten diesen Makel nicht ihr Leben lang mit sich herumtragen. Alberto wusste, was seinem Freund durch den Kopf ging, und wollte ihn ablenken. Deshalb begann er aus einem Brief zu zitieren, und zwar so flüssig, dass Amilcare einen Augenblick dachte, er würde ablesen, auch wenn es inzwischen so dunkel war, dass man nichts mehr sehen und selbst den Belbo nur noch hören konnte.

«Auch wenn wir voneinander getrennt sind, soll meine Liebe immer bei Dir sein wie ein heiterer Gedanke am Ende trauriger Tage oder wie ein Freund, der Dir Gesellschaft leistet, wenn Du einsam bist. Ich hoffe, dass meine Liebe nützlich ist wie ein Schultertuch, das Du umlegst, wenn Dir kalt ist, und das Du ablegst, wenn Du fortfliegst, leicht und frei. Aber pass auf, dass Du sie nicht vergisst, nicht irgendwo liegenlässt. Behandle sie mit Sorgfalt, wenn Du mit ihr unterwegs bist, pass auf, dass sie sich nirgendwo wehtut, schütze sie vor indiskretem Gerede. Denk daran, dass meine Gedanken Dich stets begleiten, dass mein Herz Dir gehört, und wo immer Du bist, da will auch ich sein.»

30

Alba,
Montag, 26. April 2011, 18 Uhr

«Eins!»

Mit fordernder Stimme zählte Sylvie die Schläge und beugte sich lustvoll stöhnend nach vorne.

«Zwei!»

Anfänglich hatte Roberto Moresco gezögert. Dann aber hatte er begriffen, dass er es nicht für sich tat, sondern für sie.

«Drei!»

Sylvies schmaler Rücken bekam Streifen.

«Vier!»

Langsam begann auch Roberto, Gefallen daran zu finden. Für ihn war es nicht das erste Mal, aber nie mit einer solchen Klassefrau wie Sylvie.

«Fünf!»

Die schönste Stelle ihres Körpers war da, wo sich die schmale Taille zu einem schönen, weißen Hintern rundete, auf dem sich rote Striemen abzeichneten.

«Sechs!»

Roberto schlug weniger fest zu, weil er das Wunderwerk nicht verderben wollte.
«Fester! Sieben!»
Sylvie stieß einen Schmerzensschrei aus. Er machte Anstalten, sich zu entschuldigen.
«Acht!»
Sie nahmen sich mit verzweifelter Intensität. Danach drückte er sie an sich und begann, ihr ins Ohr zu flüstern. Diesmal erzählten sie sich alles ohne Vorbehalt, mit der absoluten Offenheit eines Mannes und einer Frau ohne Scham. Sie lagen lange Arm in Arm, für eine Zeit ohne Minuten und Stunden, und unterhielten sich flüsternd.

31

Alba,
Samstag, 21. April 1945, 7.30 Uhr

Sobald er den Mann hinter dem Gitter erkannte, zwang sich Pater Bergoglio äußerlich zur Ruhe. Aber innerlich spürte er Abscheu und Abwehr. Wie hart ist doch der Beruf des Priester, dachte er. Und er machte sich bereit, zuzuhören und wenn nötig zu vergeben.

«Pater, ich bin gekommen, um mich unter euren Schutz zu stellen.»

«Was für ein plötzlicher Sinneswandel. Bis gestern habt ihr noch die Hartgesottenen gespielt, wenn wir euch um das Leben eines Gefangenen gebeten haben.»

«Pater, wir waren im Krieg. Aber jetzt ist der Krieg zu Ende. Mein Bruder ist tot. Ich fürchte um mein Leben.»

«Ich nehme an, du bist gekommen, um zu beichten.»

«Auch.»

«Auch. Was soll das heißen? Das ist ein Beichtstuhl.

Kein Ort, um sich reinzuwaschen. Und erst recht kein Versteck.»

«Um Gottes willen, Pater. Ich bin gekommen, um meine Sünden zu beichten. Aber auch um zu fragen, ob Sie, nachdem Sie mir vergeben und die Absolution erteilt haben, mich vielleicht …»

«Ich glaube kaum, dass du ein Recht hast, um irgendetwas zu bitten. Wie wär's, wenn du erst mal mit einer Demutsgeste beginnst. Ich höre.»

«Pater, eigentlich bereue ich nichts. Ich würde alles wieder genauso machen, vom ersten bis zum letzten Kriegstag. Es gibt nur ein einziges Leben, das mir auf dem Gewissen liegt.»

Pater Bergoglio ließ ihn reden, ohne nachzufragen.

«Diese Frau. Virginia. Vielleicht hätte ich sie retten können. Was wir ihr angetan haben, lässt mir keine Ruhe. Aber ich habe alles versucht …»

«Du hast ihr geholfen, stimmt's? Du hast versucht, sie zu retten, war es nicht so?»

«Ja, ich habe es versucht. Und mein armer Bruder auch. Wir haben die anderen angefleht, sie nicht zu quälen. Erschießen vielleicht. Aber nicht respektlos zu behandeln. Aber die Kameraden waren außer sich. Hatten getrunken. Waren weit weg von zu Hause. Es gab kein Halten mehr. Ich hätte mich durchsetzen müssen; immerhin war ich in meiner Heimat. Und sie, sie war eine Frau aus den Langhe, aus unserer

Gegend. Aber was hätte ich tun sollen? Wir waren die Einzigen, ich und mein armer Bruder Cesare. Und so …»

«Was, und so?», unterbrach ihn Pater Bergoglio mit der rauen Stimme desjenigen, der lange geschwiegen hat und am liebsten weiter schweigen würde.

«Ich schwöre, dass ich das nicht gewollt habe. Ich hätte sie lieber gleich getötet. Sie haben mich gezwungen. Ich wollte nicht, verstehen Sie? Und mein Bruder auch nicht, das schwöre ich. Alle standen sie um die Frau herum, mit gezogenem Messer … Es war grauenhaft. Das müssen Sie mir glauben, Pater. Schrecklich.»

«Ich glaube dir, Vergnano. Ich glaube dir.»

Lange saßen die beiden schweigend da. Die Kapelle vor dem Beichtstuhl war leer. Die beiden alten Frauen, die in der letzten Bank der Kathedrale gebetet hatten, waren schnell gegangen, als sie den Faschisten hereinkommen sahen, und er konnte von Glück sagen, dass sie nicht losgerannt waren, um ihn anzuzeigen.

«Bitte vergeben Sie mir, Pater. Wenigstes Sie, verweigern Sie mir nicht die Vergebung. Und Ihre Hilfe.»

Pater Bergoglio spürte, dass er die Anwesenheit dieses Subjekts nicht länger ertragen konnte. Er begriff, dass Vergnano plötzlich in den Dialekt fiel, um ihn zur Beihilfe zu bewegen. Er beschloss, ihm die des

Menschen zu gewähren, jedoch nicht die des Priesters.

«Jetzt reicht's, Vergnano. Geh durch die Sakristei und hinten hinaus auf die Via Vida, Richtung Konvikt. Dann hinauf nach Madonna di Como. Dort gibt es einen Priester, der solchen wie dir hilft. Ich werde ihn verständigen.»

«Danke, Pater. Ich wusste, dass es richtig war, mich an Sie zu wenden.»

«Du sollst mir nicht danken. Geh jetzt. Es ist besser, wenn man dich hier nicht sieht.»

«Ich gehe, ich gehe sofort. Aber geben Sie mir noch die Absolution.»

«Dafür ist keine Zeit mehr.»

Vergnano begriff. Noch vor ein paar Tagen hätte er auf die Demütigung reagiert. Diesmal jedoch stammelte er nur noch flehentlich: «Pater, die Absolution ...» Doch der Beichtstuhl war leer.

32

Alba,
Sonntag, 1. Dezember 1963

«Du hast es weit gebracht, Milcare, seit du für deinen Vater den Handwagen ziehen musstest ...»

Am Gymnasium war Pater Bergoglio der Lehrer von Amilcare Braida gewesen. Vielleicht war ihm die Geschichte von Kleobis und Biton wieder eingefallen, weil er am ersten Schultag im Morgengrauen zufällig beobachtet hatte, wie Amilcare mit einem Handwagen Fleisch vom Schlachthof zum Laden seines Vaters karrte, wobei er sein Gesicht versteckte, damit er später von seinen Klassenkameraden, den Söhnen von Anwälten und Notaren, nicht wiedererkannt wurde.

«Ach Pater, sehen Sie nur, wohin mich das geführt hat.»

«Dahin, wo wir alle einmal enden, Milcare. Auch ich. Und schneller, als du denkst.»

«Das wird ein schöner Wettlauf zwischen mir und Ihnen.»

«Nein, Milcare, du musst weiterleben. Du bist noch

jung. Du hast noch Anspruch auf ein paar Jahre. Ich werde für dich beten. Aber du musst mir etwas versprechen.»

Das war also der Grund, weshalb Pater Bergoglio ihn in das Klassenzimmer im Gymnasium bestellt hatte, das für ihn auch am Sonntagnachmittag zugänglich war, zumindest seit er dem Enkel des Hausmeisters eine Anstellung bei Tibaldi verschafft hatte.

«Was kann ich für Sie tun, Pater?»

«Wie ich höre, schreibst du an einer Geschichte, die unsere Stadt betrifft.»

«Mein ganzes Leben lang habe ich nichts anderes getan, als Geschichten aus unserer Stadt aufzuschreiben.»

«Deshalb bist du hier nicht sonderlich beliebt. Aber die Geschichten sind gut. Eines Tages wird man sie lesen und zu schätzen wissen, und sie werden Alba zum Ruhm gereichen. Umso mehr schuldest du demjenigen etwas, der dir das Schreiben beigebracht hat.»

«Von Ihnen habe ich schreiben gelernt und offen zu reden, Pater.»

«Dann werde auch ich offen reden. Es geht um eine Sache, an der du gerade arbeitest. Bist du sicher, dass es sich lohnt, darauf die Tage zu verwenden, die unsere letzten sein könnten? Die wertvollsten?»

«Auf jeden Fall. Und woher wissen Sie, woran ich gerade arbeite?»

«Lassen wir das. Ich meine, diese Geschichte solltest du nicht aufschreiben.»
«Und sie lieber mit ins Grab nehmen?»
«Wenn es sein muss, ja. Genau wie ich. Das wäre besser für alle.»
«Und wieso?»
«Weil Schätze einen Sinn haben, wenn man sie nutzbringend anlegt. Wenn man sie den richtigen Leuten gibt, solchen, die die Früchte in der Stadt verteilen. Wenn allerdings Streit, Neid, Diebstahl, Groll die Überhand gewinnen …»
Amilcare Braida unterbrach ihn mit dem bestimmten Ton desjenigen, der wenig Zeit hat: «Pater, wo ist das Geld geblieben? Zumindest Ihr Anteil?»
«Leute, die nur hören wollen, was sie ohnehin schon wissen, konnte ich noch nie leiden. Das passt nicht zu dir.»
«Wo ist das Geld?»
«Am Seeufer. Am richtigen Platz. Gib mir dein Wort, Milcare, und ich werde nicht bloß für dich beten, sondern dafür sorgen, dass du in Rom von den Ärzten des Papstes behandelt wirst.»
«Sonst?»
«Sonst bete ich trotzdem für dich, für deine Seele.»

33

Castellinaldo,
Montag, 26. April 2011, 19 Uhr

Es war schon fast dunkel. Der Frühling ließ auf sich warten, und ein kalter Sonnenuntergang senkte sich auf den Hof mit den beiden Kirschbäumen, die noch weit davon entfernt waren, Früchte anzusetzen.

«Signor Rinaldi, haben Sie einen Moment Zeit für mich?»

«Alberto. Sagen Sie Alberto, so nennen mich alle.»

«Gut, Alberto. Wie Sie sich sicher denken können, bin ich wegen des Falls Moresco hier. Sie waren doch sein Freund, nicht wahr?»

«Freund ist ein großes Wort. Sagen wir lieber, ich habe ihn gut gekannt.»

«Seit wann?»

«Das können Sie sich doch denken. Wir waren zusammen im Krieg. Wir haben alles geteilt. Den Hunger, die Strapazen, die Schießereien. Dann ist er reich geworden. Ich nicht, wie Sie sehen», sagte er und zeigte dabei auf den Hühnerstall und die Kaninchen.

«Aber ihr hattet etwas gemeinsam?»
«Werden Sie nicht vulgär. Lassen Sie die Anspielungen.»
«Ich werde nicht vulgär sein, sondern offen. Sie hatten ein Verhältnis mit der Frau von Moresco?»
«Ja. Ist das vielleicht ein Vergehen?»
«Nein, das ist kein Vergehen. Mord aber schon.»
«Und warum hätte ich ihn umbringen sollen? Theoretisch hätte er mich umbringen müssen. Ehrenmord. So nennt man das doch im Süden, nicht wahr?»
«Haben Sie Moresco erpresst? Wegen des Schatzes?»
Alberto schüttete das ganze Futter auf einmal aus und bedeutete dem Inspektor, ihm ins Haus zu folgen. Er schloss Tür und Fensterläden und ließ nur einen Spalt offen, durch den das Licht nach draußen fiel. Lange saß er schweigend da, was der Polizist respektierte. Dann begann er zu sprechen.
«Ich habe Moresco nicht erpresst. Ich habe ihn auch nicht beraubt, er hat mich beraubt.»
«Sie haben Ihren Anteil nie bekommen?»
«Ich habe ihn nie gewollt. Moresco hat mir etwas viel Wertvolleres genommen. Und er hat nur einen Teil seiner Schuld beglichen, indem er mir den Lebensunterhalt finanzierte, während er überall auf der Welt Millionen verdiente. Sein Sohn lebt wie ein Fürst. Ich habe keine Kinder. Ich bin seit sieben Jahren Witwer. Eigentlich seit fast siebzig Jahren.»

Erst jetzt bemerkte der Inspektor das große Foto an der Wand. Darauf sah man drei junge Frauen, Arm in Arm.
«Sie sehen sich ähnlich, nicht wahr?»
«Sehr.»
«Aber nur zwei sind Schwestern.»
«Wer sind sie?»
«Die erste ist Virginia. Dann Vittoria, ihre Schwester. Und die letzte, rechts, das ist ihre Freundin Esterina. Meine Frau.»
Wieder schwieg Alberto lange. Dann fragte er schließlich: «Sie haben mit diesem Faschisten gesprochen, stimmt's? Vergnano hat mich beschuldigt, nicht wahr?»
Der Inspektor antwortete nicht.
«So weit sind wir also schon? Die Polizei glaubt lieber den Faschisten als den Partisanen, die für die Freiheit gekämpft haben?»
«Das habe ich nicht gesagt. Wenn ich Sie für schuldig hielte, würde ich Sie festnehmen.»
«Sie nehmen mich also nicht fest?»
«Nein. Ich muss Sie allerdings bitten, mir Ihren Pass auszuhändigen und sich zur Verfügung zu halten.»
«Mein Pass ist abgelaufen. In meinem Alter, wo soll ich denn noch hin, was glauben Sie? Ich habe niemanden am anderen Ende der Welt, den ich besuchen könnte. Und ich bin auch kein Millionär wie

Moresco. Oder wie», und hier machte er eine kleine Pause, «Tibaldi.»
«Was hat denn Tibaldi damit zu tun?»
«Nichts, Gott bewahre. Er ist nur der zweite Milliardär in der Stadt, nicht wahr?»
Der Inspektor ging zur Tür. Dann kam er noch einmal zurück, ohne Alberto Zeit zu lassen, sich zu fragen, ob er das absichtlich getan hatte.
«Noch eine letzte Frage. Haben Sie das hier schon mal gesehen?»
Als er das deutsche Offiziersabzeichen sah, hustete Alberto.
«Ja, sicher habe ich das schon mal gesehen. Aber ich verstehe nicht, wie das in Ihre Hände kommt.»
«Ich dachte, Sie hätten eine Erklärung dafür.»
«Die hätte ich auch gerne. Aber nicht jetzt. Nehmen Sie mich fest, wenn Sie meinen. Sonst gehen Sie bitte.»

34

Frühling 1945

Die letzten Kriegswochen sind grauenhaft. Immer mehr Partisanen haben es satt, sich in den Bergen zu verkriechen und ewig auf der Flucht zu sein, sie wollen kämpfen. Als bekannt wird, dass die Faschisten in Canelli sind, schwingen sich fünf Männer, das Maschinengewehr umgehängt, aufs Fahrrad und treten wie besessen in die Pedale.

Aber die Faschisten wissen schon Bescheid – irgendeiner, der sie informiert, findet sich immer und überall – und lauern ihnen an der Straße auf, versteckt in einem Haus an der Piazza von Valdivilla. Als die fünf vorbeifahren, knallen sie sie einfach ab, leichte Beute. Im Maschinengewehrfeuer fällt Pinin, sechsundfünfzig Jahre alt, ein Veteran, Vater des Kommandanten Poli, der vergeblich versucht hatte, ihn aufzuhalten: «Wo willst du hin? Der Krieg ist aus.» Auch sein Freund Oscar fällt. Und es fällt Potenza, ein Flieger aus Lukanien, einer der vielen Süditaliener, die einfach hätten nach Hause gehen können, anstatt im Norden für andere Italiener zu kämpfen, die sie nie gesehen haben und die sie nie mehr kennenlernen würden.

Andere Partisanen, die die Schüsse gehört haben, tauchen tröpfchenweise auf. Darunter auch Amilcare Braida: Johnny. Und Alberto. Doch von den Stellungen oben auf den Hügeln können sie nur tatenlos zusehen, wie die Faschisten unten ihr Werk vollenden. Settimo Borello, genannt Set, hier in Valdivilla geboren, ist am Fuß verletzt. Er sucht Deckung hinter einem Wagen voller Wein, der, von Kugeln durchsiebt, in Strömen ausläuft. Dario Scaglione, genannt Tarzan, noch keine neunzehn, nimmt ihn auf die Schultern und trägt ihn zu einem Gehöft. Die Faschisten folgen der Blutspur. Tarzan wird sofort erschossen. Er bittet darum, eine Nachricht für seine Familie schreiben zu dürfen. An der Wand, an der er später erschossen wird, schreibt er auf einen Zettel: «Geliebte Eltern, ich schicke Euch den letzten Gruß, bevor ich erschossen werde. Einen dicken Kuss für alle, für Papa, Mama, Marco, Adelina und meinen Neffen Franco. Ciao Dario.»

Set wird mit gefesselten Händen fortgezerrt. Er humpelt. Am nächsten Tag wird er an der Friedhofsmauer von Canelli erschossen. Dabei steht er auf einem Bein wie ein Kranich.

35

Alba,
Sonntag, 1. Dezember 1963

«Ich schwöre, dass ich es nicht weiß.»
«Du weißt es nicht, das gibt es doch gar nicht. Bestimmte Dinge spürt eine Mutter doch.»
«Was eine Mutter spürt, das kannst du ja wohl kaum wissen.»
«Und er? Weiß er es schon?»
«Nein. Ich will ihn überraschen, an einem der kommenden Abende. Das wird ein guter Vorwand für die nächsten neun Monate.»
Die Diskussion zog sich stundenlang hin. Aber wenigstens diesmal hatten Vittoria und Alberto einen guten Grund zu streiten.
«Du musst mir sagen, ob das Kind von mir ist.»
«Alberto, ich weiß es nicht. Was soll ich dir sagen? Es wird sich herausstellen, wenn es geboren ist …»
«Wie kannst du nur so zynisch sein?»
«Beruhige dich. Wenn es ein Mädchen ist, nennen wir es Virginia.»

«Und wenn es ein Junge ist?»
«Roberto. Wie dein Vater.»
Das schien Alberto kurz zu besänftigen. Doch dann fing er wieder an.
«Zähl die Tage. Es kann doch nicht sein, dass du an ein und demselben Tag mit uns beiden Liebe gemacht hast. Das kann nicht sein!»
«Liebe mache ich nur mit dir.»
«Du bist gut. Dann ist das Kind also von mir.»
«Ich glaube schon.»
«So, du glaubst? Und warum bist du dann nicht sicher?»
«Weil ich zu Hause meine Pflicht erfülle. Das hat mit Liebe nichts zu tun.»
«Vittoria, das ist dein erstes Kind. In deinem Alter fast ein Wunder. Und es wird auch dein letztes sein. Wie stellst du dir vor, es großzuziehen, ohne zu wissen, wer sein Vater ist?»
«Die Zeit wird uns die Antwort geben, Alberto. Du wirst ihm nah sein. Dafür werde ich sorgen, das verspreche ich dir. Für mich wird es ein Kind unserer Liebe sein.»
«Es wird das Kind des Mannes, der es aufzieht.»
«Nein. Ich werde es dazu erziehen, seinen Vater zu achten, das Vermögen der Familie. Aber in erster Linie wird es mein Kind sein. Meins, verstehst du?»

36

Alba,
Dienstag, 27. April 2011, 9 Uhr

Vor Tibaldis Schreibtisch standen keine Stühle. Sylvie ließ sich einen bringen. Der Rücken tat ihr immer noch weh. Als sie sich anlehnte, durchfuhr sie ein Schauder der Erregung.

«Sicher haben Sie mir eine Menge zu erzählen.»

«Milliardäre sind wirklich eigenwillige Menschen, Dottor Tibaldi. Noch nie habe ich jemanden kennengelernt, der so gut dafür bezahlt, dass man ihm erzählt, was er ohnehin schon weiß.»

«Und das wäre?»

«Moresco wurde erpresst. Von einem alten Kampfgefährten bei den Partisanen. Und von einem Faschisten. Nicht dass er Angst vor ihnen gehabt hätte. Er bezahlte sie, ein bisschen um sie bei Laune zu halten, ein bisschen um das eigene Gewissen zu beruhigen. Aber in letzter Zeit hatte er sich eine seltsame Idee in den Kopf gesetzt …»

«Und zwar?»

«Ich glaube, er wollte das Geld zurückgeben, das er vor langer Zeit bekommen und mit dem er sein Glück gemacht hat. Aber das ist eine Geschichte, die Sie nur allzu gut kennen.»

Tibaldi lachte nervös.

«Das ist doch … Zurückgeben, an wen denn?»

«An das Volk, sagte er. An die Partei.»

«Welche Partei?»

«Das wusste er wohl selbst nicht so genau. Seine Partei existiert seit zwanzig Jahren nicht mehr. Aber die alten Parteiführer, die den Namen der Partei mehrmals geändert haben, sind immer noch da. Mächtige Männer, die für Geld immer Verwendung haben. Die Parteien zählen immer weniger, die alten Männer hingegen immer mehr. Sie bauen eigene Strukturen auf und nennen sie Stiftungen. Sie machen Geschäfte. Sie eröffnen Kliniken und überschreiben sie an Ehefrauen oder Freundinnen. Steigen bei Banken ein. Sie kaufen und verkaufen. Fahren auf Yachten. Und alle essen und trinken gern gut. Sie kommen gern hierher in die Provinz. Und die Provinzler sind ihnen gern zu Diensten.»

«Aber damit wollen Sie doch nicht etwa sagen, dass das ein politisches Vergehen ist …»

«Das habe ich nicht gesagt. Ich sage nur, dass Moresco ein schlechtes Gewissen hatte und nach einer Möglichkeit suchte, sein Gewissen zu erleichtern. Er wollte nicht, dass sein Sohn mit dem Geld auch die Schuld erbt. Ich glaube, er hat dieses Geld, seinen Anteil des Schatzes, immer als ein Darlehen aufgefasst.»

«Ein Darlehen?»

«Ja, ein Vermögen, das man investieren muss, im Namen und im Interesse aller. Nur ein Mann mit seiner Geschichte konnte so denken. Heute ist diese Geschichte zu Ende, und dieses Geld ist nichts als Geld. Moresco hatte zwar jede Menge Geld zum Ausgeben, aber auch jede Menge Rechnungen zu begleichen. Irgendwann kommt der Augenblick, in dem die Gläubiger ihr Geld zurückverlangen, alle Rechnungen werden gleichzeitig fällig, und dann reicht das vorhandene Geld plötzlich nicht mehr aus.»

Tibaldi sah aus, wie vom Blitz getroffen.

«Danke, Signorina. Sie haben keine Zeit verschwendet. Sie sind gleich zur Sache gekommen, und das weiß ich zu schätzen. Ich werde dafür sorgen, dass sie ihrerseits Grund haben, meine Anerkennung ebenfalls zu schätzen.»

Sylvie war von Tibaldis Worten angetan, aber auch ein bisschen enttäuscht von dem schroffen Ton, mit dem sie abgefertigt wurde.

«Und, Dottore, was werden Sie jetzt tun?»

«Was ich jetzt tue? Etwas, was ich seit einiger Zeit immer häufiger tue. Ich rufe meine Töchter an, um zu hören, was sie gerade machen. Was sie in Zukunft vorhaben. Und was sie von ihrem alten Vater denken.»

37

Alba,
Samstag, 21. April 1945, 23 Uhr

«Blonder, hör auf mich! Das scheint mir keine gute Idee.»
«Morgen früh gehe ich los. Und nenn mich nicht Blonder.»
«Alberto, der Krieg ist aus. Was willst du da noch in Madonna di Como ausrichten?»
«Wir haben da noch ein paar offene Rechnungen.»
«Alberto, sei vernünftig. Du weißt nicht, wie viele sie sind, wo sie sich verstecken, wer sie schützt. Sie sind besiegt, verschreckt, auf der Flucht. Es ist wie bei wilden Tieren, wenn sie keinen Ausweg mehr sehen, sind sie am gefährlichsten.»
«Nein, Domenico, der Krieg ist nicht aus. Für dich vielleicht. Du bist jetzt reich. Du brauchst nicht mehr zu kämpfen. Für dich gibt es nichts mehr zu erobern.»
«Wenn du wüsstest, wie falsch du damit liegst! Begreifst du nicht, dass es jetzt erst richtig losgeht? Italien muss wieder aufgebaut werden. Alles muss neu

gestaltet werden. Jetzt haben wir die Mittel, etwas Großes auf die Beine zu stellen. Hier in Alba.»
«Sicher. Eine schöne große Villa hier in Alba, um darin das Gold zu verstecken. Und die Gewissensbisse.»
Moresco hüllte sich in Schweigen, betrachtete den Mond, lauschte den Fröschen, genoss die Kühle. Und den Wein. «Unser Wein ist der beste der Welt. Und wir werden ihn in die ganze Welt exportieren. Dies ist der Beginn einer neuen Zeit. Es wird Arbeit und Wohlstand für alle geben.» Und er erhob das Glas zu einem einsamen Trinkspruch: «Auf Geld und Arbeit!»
«Bravo Domenico. Dein Kommunismus hat gerade so lange gehalten wie deine Armut.»
«Daran sieht man, dass du mich doch nicht so gut kennst. Ich werde immer Kommunist bleiben. Und eines Tages werde ich der Partei zurückgeben, was ich in ihrem Namen genommen habe. Was hätte ich denn tun sollen? Alles den Pfaffen überlassen?»
«Warum nicht? Den Pfaffen und den Reichen, deinen neuen Freunden. Komplizen und Mitwissern deines Geheimnisses.»
Moresco setzte eine vielsagende feierliche Miene auf. Das war seine Art zu reagieren, wenn man ihn provozierte. «Hör gut zu, Alberto, und vergiss es nicht, denn ich sage es dir nur ein Mal. Eines Tages werden wir unseren Wein in Amerika verkaufen, auf einem Wolkenkratzer, im obersten Stock.»

«Hör auch du gut zu, Moresco, denn auch ich sage es dir nur ein Mal: Eines Tages, wenn du es am wenigsten erwartest, werde ich dich zur Rechenschaft ziehen. Und dich töten.»

38

Alba,
Sonntag, 8. Dezember 1963

Als Amilcare Braida am Sonntagmorgen zu Grabe getragen wurde, fiel der erste Schnee. Es war ein weltliches Begräbnis, schlicht, sehr schlicht: keine Blumen, keine Reden. So hatte er es gewollt. Er war gestorben ohne Klage, ohne Fluch, ohne eine Träne. Mit dem letzten Atemzug hatte er seinem Griechischlehrer noch zugeflüstert: «Wir sind dem Asklepios einen Hahn schuldig», als wäre er nun von der Krankheit des Lebens geheilt.

Der Sarg wurde abwechselnd von den Kampfgefährten aus der Partisanenzeit und den aus Turin angereisten Schriftstellern getragen. Der Trauerzug durchquerte eine gleichgültige Stadt, schlug denselben Weg ein, auf dem er einst tief gebückt den Handwagen mit Fleisch gezogen hatte, um von seinen Klassenkameraden nicht erkannt zu werden. Vorbei an der Bar, wo er immer Karten gespielt hatte, an der alten Fleischerei, am Gymnasium. Pater Bergoglio wollte trotzdem ein paar Worte sagen. «Nur ein Abschiedswort», sagte er entschuldigend. «Requiem aeternam dona eis, Domine, et lux perpetua luceat ei. Herr, gib ihnen die ewige Ruhe, und das ewige Licht leuchte ihnen. Auf Wiedersehen, Milcare.»

39

Alba,
Dienstag, 27. April 2011, 10 Uhr

Es wurde nie abschließend geklärt, warum er es getan hatte. Und dann noch am helllichten Tag. Das war fast wie ein Geständnis. Als müsse er auch die andere Straftat auf sich nehmen, um irgendetwas zu verbergen oder irgendeinen anderen zu decken.

Arglos hatte Vergnano die Tür aufgemacht, ohne nachzusehen, wer da war. Es war die Stunde des Postboten. Ein schlauer Schachzug. Aber daran hatte Alberto gar nicht gedacht.

So stand sein Opfer direkt vor ihm, und er brauchte nur noch abzudrücken. Vergnano machte nicht einmal den Versuch, die Tür zuzuschlagen. Er wich ein paar Schritte zurück und hob wie zum Schutz instinktiv die Arme. Die erste Kugel durchbohrte seine Hände wie bei Christus.

Während die Nachbarn aus ihrer Wohnung kamen, um nachzusehen, was passiert war, verließ Alberto seelenruhig das Haus. Wie ein Spaziergänger machte er sich auf den Weg ins Polizeipräsidium, um sich zu stellen.

40

Turin,
Sonntag, 22. April 1945, 5 Uhr

«Meine Liebste, das Exekutionskommando ist angetreten. Es kommt mir vor wie eine Befreiung. Als käme ich bald nach Hause und könnte Dich endlich wiedersehen.
Vor allem sollst Du wissen, dass ich unseren Kindern einen ehrbaren Namen hinterlasse. Von mir haben sie keinen einzigen Namen, keine einzige Information erfahren. Ich habe meine Männer geschützt und bis zuletzt meine Pflicht als Offizier und Italiener erfüllt.»
Inzwischen war auch den Faschisten und den Nazis klar geworden, dass es für sie bei Oberst Murazzano nichts zu holen gab. Doch so, wie sie ihn zugerichtet hatten, durfte er auf keinen Fall in die Hände der Alliierten fallen. Deshalb mussten sie ihn verschwinden lassen, und zwar möglichst schnell. Selbst seine Bitte, einen Abschiedsbrief an seine Frau schreiben zu dürfen, wurde abgelehnt. Erst als der Kaplan sich bereit

erklärte, den Brief persönlich zu überbringen und für die Geheimhaltung des Inhalts zu garantieren, bekam der Oberst die Erlaubnis. Beim ersten Morgengrauen begann er zu schreiben. Er verzichtete auf die letzte Mahlzeit, damit er genügend Zeit hatte, um die Worte sorgfältig zu wählen, die er seiner Familie für die Zukunft mitgeben wollte.

«In Frankreich haben wir uns maßvoll verhalten. Hätten wir vielleicht mehr ausrichten können? Schon möglich. Aber ich bin stolz darauf, das bewahrt zu haben, was von unserem militärischen Feldzug noch übrig war, und verhindert zu haben, dass es zu Untaten missbraucht wurde. Ich tröste mich mit dem Gedanken, dass meine persönlichen Opfer dazu dienen werden, unser geliebtes Vaterland wieder aufzubauen, es zu einem besseren Ort zu machen, an dem unsere Kinder zu starken, sicheren Menschen heranwachsen können.

Erziehe sie zum Glauben an Gott und zur Freiheitsliebe. Wenn sie groß sind, sorge dafür, dass sie ab und zu diese Zeilen lesen, damit sie nicht vergessen, dass ich bis zuletzt an sie und ihre Mutter gedacht habe und dass Papa sie nicht im Stich gelassen hat. Für Dich, meine Liebe, wird das Leben nicht leicht sein. Wenn du Hilfe findest, nimm sie an. Ich jedenfalls werde immer an Eurer Seite sein, an jedem Tag, der da kommen wird. Ich widme mein Leid dem Herrn,

Dir mein Herz und meine Hoffnung dem Vaterland. Es lebe der König, es lebe Italien!»

41

Alba,
Montag, 9. Dezember 1963

Die Geschäfte waren noch nie so gut gegangen.

Das sagte sich Antonio Tibaldi immer wieder, wenn er unruhig wurde. Dann atmete er tief ein. Er mochte den süßen Mostgeruch, der vom See heraufwehte, wenn sich der Wind erhob, wie um alle daran zu erinnern, wer hier das Sagen hatte.

Es war der zweite Montag im Monat, folglich war die Liste der Leute gekommen, die er einstellen sollte: Landarbeiter aus den Langhe für die Saisonarbeit im Betrieb, Söhne aus bürgerlichen Familien für die Büroarbeit in der Buchhaltung. Diesmal war die Liste länger als gewöhnlich. Offensichtlich fühlte Pater Bergoglio sein Ende nahen und hatte Eile, alles gut geordnet zu hinterlassen. Zum Glück war der Augenblick günstig, und Tibaldi war heilfroh, dass er dem Pater die Bitterkeit der wenigen Ablehnungen ersparen konnte, die er in der Vergangenheit hatte aussprechen müssen.

Italien war noch nie so reich gewesen, und Alba umso mehr. Jetzt, da sich das Band, das ihn mit der Stadt und der Vergangenheit verband, zu lockern begann, konnte Tibaldi endlich an Expansion denken. An den Bau neuer Betriebsstätten im Süden, um auch dort Wein zu produzieren. An den Transfer von Kapital in gewisse gastfreundliche Länder des Nordens. Und an den Erwerb einer schönen Villa am Meer, vielleicht auf Capri. Die Trauben würden aus Marokko, der Türkei und dem Libanon kommen, wo sie schon mitten im Sommer reif waren, dann aus der Estremadura, der Algarve, der Türkei, wo die Weinlese Mitte August stattfand, und zum Schluss aus der Spätlese in Frankreich und an der spanischen Atlantikküste. In Tibaldis Imperium würde man sechs Monate im Jahr ernten. Um den Ausbau der Weine kümmerte er sich persönlich. Er kostete, korrigierte. Entscheidend war nicht allein, einen guten Wein zu machen. Noch entscheidender war, ihm diesen Ruf zu verschaffen. Und ihn zu verkaufen.
Trotzdem, wenn man es genau nahm, gab es da etwas, das ihm nicht ganz geheuer war. Der Kommunist. Tibaldi konnte sich nicht erklären, woher er das Geld hatte. Vielleicht wusste er es aber auch nur allzu gut. Allerdings traute er sich nicht, Pater Bergoglio danach zu fragen, weil er wusste, dass dieser nicht gerne darüber sprach. Aber dieser Moresco, wie

konnte er sich die feinsten Barriquefässer leisten, die teuersten Önologen, und dazu noch Rezensionen in Fachzeitschriften, die man auf keinen Fall gratis bekam? Dahinter steckte zweifellos ein Propagandaapparat, der zwar nicht so mächtig war wie das Fernsehen, das Tibaldi mit seinen Werbeetats nach Kräften unterstützte, dafür aber bestimmte Kreise erreichte, die ihm immer verschlossen bleiben würden. Überall platzierte Moresco seinen Barbaresco, beim Konzert eines bekannten Sängers, im Film eines Cineasten, in der Reportage eines renommierten Korrespondenten. Es gab ein Italien, das arbeitete und Wohlstand produzierte. Und es gab ein anderes Italien, das danach trachtete, das Bewusstsein der Menschen zu beherrschen; und früher oder später würde dieses Italien dem arbeitsamen in die Quere kommen und ihm einen Kompromiss aufzwingen, der um vieles mühseliger zu erzielen wäre als jener, den Kirche und Partisanen damals in Alba in einer Nacht gefunden hatten.

Dabei ging es Antonio Tibaldi keinesfalls um die eigene Bekanntheit. Bekannt sein sollten seine Produkte, nicht er. Aber den Kommunisten musste man im Auge behalten. Eigentlich lag es auch in seinem Interesse, Stillschweigen zu bewahren. Doch bei diesen Roten konnte man nie wissen. Sie kannten keine Beichte, die den Christen ein Höchstmaß an Demut abverlangte und ein Höchstmaß an Verschwiegenheit garantierte. Bei den Roten konnte es einem durchaus passieren, dass sie urplötzlich mit einer Selbstkritik an die Öffentlichkeit gingen. Folglich musste man Moresco überwachen, ihn beobachten lassen, sein Verhalten analysieren. Man musste wissen, wer seine Freunde waren, mit welchen Frauen er sich traf, wo seine Schwachpunkte lagen. Um dann, bei Bedarf, im passenden Moment zu handeln.

Sicher, im Augenblick bestand kein Bedarf. Er, Tibaldi, und der Kommunist kamen sich nicht ins Gehege. Die Arbeiter waren friedlich. Pater Bergoglio hatte getan, was er konnte, und inzwischen war Tibladi auf seine Protektion nicht mehr angewiesen. Die grundlegende Lektion hatte er gelernt: Am wichtigsten ist, dass alles in der Familie bleibt.

Aber auch da gab es manchen Schatten. Seit einiger Zeit zeigte seine Mutter Anzeichen von Nervenschwäche. Speziell in diesen Tagen wirkte sie durcheinander und stark mitgenommen. Als zeitige der Tod des Ehemanns, der bereits Jahre zurücklag, erst jetzt seine Wirkung. Inzwischen war Tibaldi selbst im Begriff, eine eigene Familie zu gründen und sich für eine der vielen Frauen zu entscheiden, unter denen er aufgrund seines Talents und seines Reichtums die Wahl hatte. Wenn er die ersten weißen Haare bekäme, sei es so weit, hatte er immer gesagt. Und vielleicht brauchte er gar nicht so weit zu suchen. Schon lange war er mit seiner Sekretärin sehr zufrieden, nicht nur im Büro. Außerdem war er zu der Überzeugung gelangt, dass sie ihm Glück bringe. Und tatsächlich, die Geschäfte waren noch nie so gut gegangen.

42

Alba,
Dienstag, 27. April 2011, 12 Uhr

«Was verschafft mir die Ehre Ihres Besuchs, Herr Inspektor?»
Tibaldi hatte die Höflichkeit des Vorgesetzten, der zwar die Rolle des anderen respektiert, ihn aber zugleich auffordert, seine Worte sorgsam abzuwägen und keine Zeit zu verschwenden.
«Nur ein paar Fragen, Dottore.»
«Gern. Ich danke Ihnen, dass Sie Ihren Besuch vorher angekündigt haben. Wie Sie sehen, habe ich keine Notwendigkeit gesehen, meinen Anwalt hinzuzuziehen.»
«Daran haben Sie gut getan. Denn natürlich liegt gegen Sie nichts vor.»
«Natürlich. Deshalb wäre ich Ihnen dankbar, wenn Sie diese Unterredung vertraulich behandeln könnten.»
«Sicher. Aber die Ermittlungen haben ergeben, dass Sie irgendwie mit der Sache zu tun haben.»
«Und wie, wenn ich fragen darf?»

«Dottor Tibaldi, das wissen Sie doch. Moresco wurde ermordet, weil er die Hälfte des Schatzes für sich behalten hat. Nun frage ich mich natürlich, wo die andere Hälfte geblieben ist.»

«Und da kommen Sie zu mir?»

«Ich sehe keine anderen Geldschränke in der Stadt.»

Tibaldi atmete tief ein. Und schüttelte den schlohweißen Kopf. Dann setzte er den Ausdruck des Piemontesen auf, der die Uniform respektiert, aber keineswegs gewillt ist, sich belehren zu lassen, schon gar nicht von einem Süditaliener.

«Sehen Sie, Herr Inspektor, auch ich habe von dieser alten Legende gehört. Eine fabelhafte Geschichte, keine Frage. Aber die Realität ist doch viel prosaischer. Und sie ist das Einzige, was zählt. In der Stadt gibt es überhaupt keine Geldschränke. Und keinen Schatz. Der Schatz, das sind wir selbst. Unser Fleiß, unser Wunsch zu expandieren, zu investieren, etwas zu wagen. Unsere Demut. Die Lust an harter Arbeit, nicht für uns selbst, auch nicht für den Staat, sondern für die Familie, für die Gemeinschaft. Und natürlich», hier lächelte Tibaldi, denn bisweilen lobte er sich gern selbst, «für Herrn Vincenzo …»

«Wer ist Herr Vincenzo?»

«Mein Geschäftsführer.»

«Den kenne ich nicht. Sie haben jedes Jahr einen neuen …»

«Mein Geschäftsführer ist der italienische Durchschnittskonsument. Jedes Mal, wenn ich einen Wein probiere, denke ich, dass er nicht mir schmecken muss, sondern Herrn Vincenzo. Er darf nicht banal sein, aber auch nicht zu anspruchsvoll. Er darf nicht zu teuer sein, denn Herr Vincenzo ist umsichtig und gibt nicht zu viel fürs Trinken aus; aber er darf auch nicht zu billig sein, denn Herr Vincenzo will nicht das Gefühl haben, ein minderwertiges Produkt zu kaufen.»

«Richtig. Aber, verzeihen Sie, wie ist all das zustande gekommen? Wie haben Sie es angestellt, in wenigen Jahren aus dem Nichts eines der größten Unternehmen Italiens, ja Europas aufzubauen?»

«Sagen sie ruhig, der Welt, jedenfalls in unserem Marktsegment.»

«Genau. Aber wie? Was steckt dahinter? Nehmen wir einmal an, Sie hätten, wie, warum und von wem, weiß ich nicht, die Hälfte des Schatzes bekommen ...»

«Schon wieder?»

«Das ist kein Verbrechen, und wenn doch, dann ist es längst verjährt. All das geschah in den letzten Kriegstagen, und damals waren Sie noch ein Junge. Keiner kann Sie für irgendetwas zur Rechenschaft ziehen. Also, warum wollen Sie mich dann nicht in das Geheimnis dieser Angelegenheit einweihen?»

«Ich erwarte nicht, dass Sie das verstehen. Sie haben

ein Leben lang für den Staat gearbeitet, und daran haben Sie gut getan. Ich habe großen Respekt vor Polizisten, Carabinieri, Militärs. Ich war immer gern mit ihnen zusammen, und ohne Uniform haben sie sich bei mir stets wohlgefühlt. Sind Sie gläubig?»

Der Inspektor schwieg lange. «Ich wüsste nicht. So direkt gefragt ...»

«Jetzt sagen Sie nicht, dass Sie noch nie darüber nachgedacht haben. Glauben Sie oder glauben Sie nicht an Gott?»

«Ja, ich glaube an Gott. Aber was hat das mit unserer Sache zu tun?»

«Es hat damit zu tun. Alles hat mit Gott zu tun. Beten ist grundlegend.» Mit den Augen wies Tibaldi auf eine schwarze Madonna, die große Ähnlichkeit hatte mit jener aus der Provence, die von den Zigeunern verehrt wird.

«Sie gefallen mir, Herr Inspektor. Ich würde sie glatt einstellen, wenn ich nicht wüsste, dass Sie daran nicht interessiert sind. Aber der Staat ist hier nicht präsent. Er ist weit weg. In Rom, in Brüssel. Orte, wo wir nie gewesen sind, die uns nichts angehen. Sicher, wir haben dort unsere Leute, die unsere Interessen vertreten und dafür angemessen bezahlt werden. Schon Turin ist für uns wie die Hauptstadt eines anderen Landes. Von Rom ganz zu schweigen. Sehen Sie sich die Landkarte an. Ziehen Sie einen Strich von Turin nach Savona. Der verläuft direkt auf der Via Maestra. Gleichzeitig macht die Autobahn einen weiten Bogen um Alba, so weit wie möglich von der Stadt entfernt, ungefähr dreißig Kilometer. Und bis nach Mailand ist es eine richtige Reise. Aber wir sind ohnehin nicht an der Börse und haben das auch nicht vor, und falls wir es eines Tages doch tun, dann gehen wir bestimmt nach Sao Paolo in Brasilien oder nach Hongkong. Alba ist eine kleine Stadt, die beschlossen hat, klein zu bleiben. Wir haben einen langen Anlauf gebraucht, und das war unser Glück.»

«Auch Moresco war für seine Verhältnisse sehr erfolgreich. Trotzdem hat man ihn ermordet. An Ihrer Stelle wäre ich vorsichtig», wagte der Inspektor vorzuschlagen.

«Und ich an Ihrer Stelle», sagte Tibaldi abschließend mit dem Gestus desjenigen, der gewohnt ist, Anweisungen zu geben, «würde mich beeilen, dem Mörder Handschellen anzulegen, anstatt nach Schätzen zu suchen, die gar nicht existieren, weiter harmlose Privatleute zu belästigen und eine schon genug gebeutelte Stadt in Angst und Schrecken zu versetzen.»

43

Alba,
Dienstag, 27. April 2011, 13 Uhr

Alberto wollte um jeden Preis verhaftet werden. Der Inspektor hatte sich Zeit gelassen, um ihn ein wenig unter Druck zu setzen, aber offenbar konnte es Alberto kaum abwarten, ein Geständnis abzulegen. Als wäre er stolz darauf, nicht nur den Faschisten, sondern auch Moresco ermordet zu haben. Zumindest war ihm sehr daran gelegen, dass alle ihn für den Täter hielten.

Der Inspektor schien verärgert zu sein angesichts dieses dreisten Verhaltens, das fast an Unverschämtheit grenzte. Den Journalisten, die vor dem Polizeipräsidium warteten, sagte er kein Wort, nachdem er die Nachricht von dem neuen Mordfall ins Netz gestellt hatte, womit auch der Krimi um Moresco gelöst war.

«Signor Rinaldi, ein Mann, der soeben einen Mord begangen hat, womöglich den zweiten innerhalb von drei Tagen, verhält sich nicht wie Sie. Sie tun ja gerade so, als könnten Sie ein Verdienst für sich in Anspruch nehmen.»

«Ich habe Alba von einem Mann befreit, der das Leben nicht verdient hatte.»
«Sie haben keinerlei Verdienst», wiederholte der Inspektor, als hätte der andere gar nichts gesagt. «Es ist alles meine Schuld. Ich hätte nicht gedacht, dass Sie so weit gehen würden. Dabei hätte ich Vergnano schützen müssen.»
«Ja, es ist Ihre Schuld, Herr Inspektor. Sie haben Vergnano geglaubt. Sie haben einem Mörder vertraut, und nicht seinen Opfern.»
«Hier gibt es nur einen Mörder, Rinaldi. Und das sind Sie.»
«Alberto. Alle nennen mich Alberto.»
«Rinaldi, wer hat Moresco ermordet?»
«Warum fragen Sie mich Dinge, die Sie längst wissen?»
«Wer hat Moresco ermordet?»
Alberto murmelte etwas auf Piemontesisch.
Zum ersten Mal seit drei Tagen wurde der Inspektor laut: «Rede gefälligst italienisch!»
«Deine Sache, wenn du kein Piemontesisch verstehst. Lass einen Dolmetscher kommen, so wie in Sizilien, wenn ihr Mafiosi verhört.»
Nun schaltete sich der Kommissar ein, der in der anderen Ecke des Raumes rauchte, und brachte die beiden Streithähne auseinander.
«Rinaldi, ich habe den Eindruck, Sie wollten uns

noch etwas sagen. Egal, ob auf Italienisch oder im Dialekt. Aber sagen Sie es uns.»

«Dann sage ich es jetzt. Ich war es. Ich habe Moresco ermordet mit einem Schuss ins Herz, mit einem Jagdgewehr. Und Vergnano mit meinem alten Partisanengewehr. Sonderbehandlung. Wie in alten Zeiten.»

«Verstehe ich nicht. Wieso Moresco?»

«Weil ich ihm versprochen hatte, es eines Tages zu tun. Und er wusste, dass ich meine Versprechen halte.»

«Aber warum ausgerechnet jetzt? Warum wollten Sie jetzt alte Rechnungen begleichen, die ...» – der Inspektor machte eine Pause, bis er die richtige Jahreszahl im Kopf ausgerechnet hatte – «sechsundsechzig Jahre zurückliegen?»

«Weil ich jetzt erfahren habe, dass ich schwer krank bin und bald sterben werde. Und da habe ich mir gesagt, jetzt oder nie.»

«Aber bei Moresco hast du es heimlich getan. Anfänglich sah es nicht einmal nach einem Mord aus. Bei Vergnano hingegen am helllichten Tag, und danach hast du dich sofort gestellt. Warum?»

«Weil Moresco ein Partisan war, ein Dieb und Verräter, aber immerhin ein Partisan. Er war mein Freund. Aber er war auch ein mächtiger Mann, an den man nur schwer herankam; er war selten allein, immer mit anderen zusammen. Außerdem wollte ich nicht, dass

Vittoria dabei ist oder das Kind.»
«Welches Kind?»
«Ihr Sohn.»
«Aber der ist doch schon siebenundvierzig!»
«Wen man von Geburt an kennt, der bleibt immer ein Kind. Deshalb bin ich Moresco gefolgt, als er das Haus verlassen hat, im Morgengrauen. Ich kenne die Stellen, wo er nach schwarzen Trüffeln sucht. Die Wälder von Costamagna kenne ich besser als er. Deshalb wusste ich, wo ich ihn abpassen konnte.»
«Und Vergnano?»
«Vergnano ist ein anderer Fall. Er war Faschist. Er hat vergewaltigt und gefoltert. Als du vor ein paar Tagen bei mir warst, wusste ich, dass du mir auf die Schliche gekommen bist. Dass du mich früher oder später wegen Moresco verhaften würdest. Und dass mir nicht mehr viel Zeit blieb.»
«Und das deutsche Offiziersabzeichen bei der Leiche?»
«Das war meins.»
Der Inspektor schien keineswegs überzeugt.
«Rinaldi, ich verstehe immer noch nicht. Du bist doch kein Ganove. Du bist ein angesehener Mann in der Stadt, einer, der im Befreiungskrieg ausgezeichnet wurde! Und an deinem Lebensende bringst du zwei Männer um, die so alt sind wie du selbst, und landest als Mörder auf der Titelseite der Zeitung?»

«Im Krieg hat man mir beigebracht, dass es nicht auf das Töten ankommt, sondern darauf, wen du tötest.»
Aber der Inspektor hatte den wunden Punkt getroffen und ließ nicht mehr locker.
«Die Sache mit dem Faschisten kann ich nachvollziehen, nach deiner Logik. Aber Moresco?»
«Wer ihn umgebracht hat, hat nichts Schlechtes getan.» Dann grinste Alberto. Er gab zu verstehen, dass er zu seinen Verbrechen nichts mehr sagen würde. Stattdessen begann er, aus dem Gedächtnis zu zitieren: «‹Und er dachte, vielleicht würde am Abend seines Todestages irgendein Partisan an seiner Stelle oben auf dem höchsten Hügel stehen und auf die Stadt herabsehen. Und das war die Hauptsache: Einer musste auf jeden Fall überleben.› Kennst du das Zitat, Inspektor?»
«Nein.»
«Das ist ein Satz von meinem Freund. Amilcare Braida, Johnny. Dieser Satz hat mir immer gefallen. Ich dachte, eines Tages würde er vielleicht einen Sinn ergeben, und jetzt ist der Tag gekommen. Dieser eine, der einzige, der überlebt hat, bin ich.»

44

Alba,
Mittwoch, 28. April 2011, 11 Uhr

Das Begräbnis von Domenico Moresco war das größte Ereignis in der Stadt seit dem Jahr der Überschwemmung. Anwesend waren Milliardäre aus halb Europa und die verblassten roten Fahnen der verblichenen Kommunistischen Partei mit Delegationen aller Parteien, die sie überlebt hatten. Es war eine weltliche Beerdigung ohne einen einzigen Priester. Auf der Gitarre wurden Partisanenlieder gespielt, allen voran «Bella ciao», das man hierzulande während des echten Krieges nie gehört hatte. Es wurden viele Fäuste gereckt, und vor dem Friedhof stieß man mit Barbaresco an.

Vittoria, die Witwe, bewegte sich wie in Trance. Roberto Moresco hatte seine Mutter und seine Frau eingehakt und wich die ganze Zeit nicht von ihrer Seite; hin und wieder tauschte er verständnisvolle Blicke mit den Frauen, die ihm zuwinkten oder einen Handkuss zuwarfen. Lavinia machte Anstalten vorzutreten, blieb dann aber, als sie die Blicke der Damen Moresco trafen, lieber an ihrem Platz. Die Einzige, die keine Rücksicht nahm, war Sylvie. Sie und Roberto umarmten sich innig. Der Bürgermeister mit Trikolorenschärpe hielt eine lange Rede. Der Inspektor ließ sich nicht blicken. Antonio Tibaldi hatte einen Kranz geschickt.

45

Straße zwischen Alba und Costamagna, Sonntag, 25. April 2011, 5.30 Uhr

Der Transporter fuhr langsam bergauf, nach jeder Serpentine ächzte der Motor, um wieder auf Touren zu kommen. Der Fahrer hatte den Sicherheitsgurt angelegt und achtete darauf, die vorgeschriebene Geschwindigkeit nicht zu überschreiten. Er wusste, dass Polizei und Carabinieri mit Vorliebe anständige Leute wie ihn stoppten. Und an diesem Morgen durfte er auf keinen Fall angehalten werden.

In einer besonders scharfen Kurve hörte er, wie die Ladung verrutschte. Fluchend hielt er an, um nachzusehen. Zum Glück war fast nichts zu sehen, ein kleiner, unscheinbarer blauer Fleck an der rechten Schläfe. Mit einem Lächeln der Erleichterung fuhr er weiter. In der nächsten Kurve hörte er wieder ein dumpfes Geräusch, leiser diesmal. Vom Beifahrersitz war das Buch von Gaetano Gaetani heruntergefallen, «der letzte Krimi des Schriftstellers aus den Langhe», wie es auf der Bauchbinde hieß, zwar irreführend,

aber kürzer als der echte, entschieden anmaßende Titel: «Die Kunst, mit einem Jagdgewehr ein einziges winziges Projektil abzufeuern.»
Als Kind war er oft in diesen Wäldern gewesen, auf Trüffelsuche mit seinem Vater. Vorsorglich war er die Straße am Vortag noch einmal abgefahren. An diesem Morgen musste er die längere Strecke nehmen, um einem roten Panda mit zwei Trüffelsuchern auszuweichen. Zunächst bekam er es mit der Angst. Aber dann fiel ihm ein, dass die beiden Eindringlinge vielleicht nützlich sein könnten, um die Polizei auf eine falsche Fährte zu locken und Zeit zu gewinnen. Er rief Lavinia an. Sie saß schon im Auto und war unterwegs nach Fiumicino. Um acht würde ihr Flug in Caselle landen. Er hatte alle Zeit der Welt.
Dann erreichte er die Stelle, an der ein Mann im Geländewagen seines Vaters auf ihn wartete. Alberto half ihm, einen Reifen zu zerstechen und die Leiche im Dornengebüsch zu drapieren. Dann holte Roberto Moresco das Nazi-Abzeichen aus der Tasche, das Alberto ihm vor vielen Jahren geschenkt hatte. Er zeigte es ihm, bevor er es auf die Leiche warf. Sie tauschten ein Lächeln, verschwörerisch das des Jüngeren, befriedigt das des Älteren. Alberto spürte, dass Virginia jetzt in Frieden ruhen konnte. Roberto hatte sich noch nie so selbstsicher gefühlt. Dann hoben sie gemeinsam den Blick zum ersten Tageslicht.

Anmerkung des Autors

Alle Figuren dieser Geschichte sind reine Fantasieprodukte. Jede Ähnlichkeit mit realen Vorkommnissen oder realen Personen ist rein zufällig.
Der 25. April 2011 war kein Ostersonntag, sondern ein Ostermontag. Der Bischof von Alba war im Krieg keine blasse Figur, sondern ein couragierter Mann, der in seinem Buch La tortura di Alba e dell'Albese *über sein Engagement an der Seite von Zivilisten und Partisanen berichtet hat.*
Die Figur des Amilcare Braida ist natürlich von Beppe Fenoglio inspiriert, aber sie ist nicht Beppe Fenoglio. Sie ist eine Hommage an den großen Schriftsteller, der im Übrigen nicht im Dezember, sondern im Februar 1963 starb. Johnny war nicht sein Deckname bei den Partisanen, sondern ist eine literarische Schöpfung. Amilcare hieß der Vater von Fenoglio, Braida der Protagonist von La Malora. *Fenoglios wahres Leben wird in Piero Negri Scagliones wunder-*

barem Buch Questioni private *erzählt, das bei Einaudi erschienen ist und aus dem ich zahlreiche Informationen entnommen habe, unter anderem über die Schlacht bei Valdivilla.*

Ob es in Alba tatsächlich einen Tibaldi, einen Moresco oder einen Rinaldi gibt, weiß ich nicht. Falls sie wirklich existieren sollten, haben sie nichts mit den Figuren dieser Geschichte zu tun. Auf jeden Fall gibt es in Alba keinen See. Auch kein Polizeipräsidium. Vielleicht hat es auch nie einen Schatz gegeben. Vielleicht.